U0657611

新拉丁美洲文学丛书·当代

残 迹
La Resta

Alia Trabucco Zerán

[智利] 阿莉雅·特拉武科·泽兰　著
张雅涵　译

作家出版社

新拉丁美洲文学丛书
编委会名单

（按姓氏笔画为序）

于　漫　杨　玲　张伟劼　张　珂　张　蕊

陈　皓　范　晔　郑　楠　赵　超　侯　健

程弋洋　路燕萍　樊　星　魏　然

新拉丁美洲文学丛书

出版说明

20世纪80年代末，云南人民出版社与中国西班牙葡萄牙拉丁美洲文学研究会合作翻译出版"拉丁美洲文学丛书"（简称"丛书"），十几年间出版50余种，为拉美文学在华传播做出了不可磨灭的贡献。数十年过去，时移世易，但当年丛书出版说明的开篇句"拉丁美洲是一个举世公认的充满创造活力的大陆"，并未过时，反而不断被印证。博尔赫斯、加西亚·马尔克斯和其他"文学爆炸"代表作家的作品陆续被译为中文，"魔幻现实主义"对寻根文学及先锋小说的影响仍是相关研究者所乐道的话题。拉美文学的译介和接受不仅成为新时期中国文学研究中不可忽视的部分，时至今日仍为新一代的中国读者提供"去西方中心"的文学视野与镜鉴。

作家出版社与中国外国文学学会西班牙葡萄牙语文学研究分会合作，决定从2024年起翻译出版"新拉丁美洲文学丛书"（简称"新丛书"），感念前贤筚路蓝缕之功，继续秉持"全部从西班牙及葡萄牙文原文译出"的原则，以促进世界文化交流、繁荣中国文学建设为指归。新丛书旨在：（一）让当年丛书中多年未再版而确有再版价值的书目重现坊间；（二）译介丛书中已收录的作家成名作之外的其他代表性作品，展现经典作家更整全的面貌；（三）译介拉丁美洲西葡语文学在中文世界的遗珠之作。新丛书主要收录经典作家作品，此外另设子系列"新拉丁美洲文学丛书·当代"，顾名思义，收录具代表性、富影响力的当代拉美作家作品。

献给我的父母

收集遗物是我们哀悼的方式。

《呼吸秋千》，赫塔·米勒

11

骤然跃现：这周有，下周无，就这样，我的死尸出现了，一发不可收拾，每隔一周碰到一个，或者连续两个礼拜都能遇见，他们总是在出人意料的地方现身，让我猝不及防：躺在车站，伏在水沟，卧在公园，挂在桥下，吊在信号灯上，从马波乔河下游快速漂过，那些周日现形的尸体，一周或半个月出场一次的遗骸，整个圣地亚哥城，他们无处不在，我把他们相加，有条不紊，数字上涨，像泡沫，像怒火，像岩浆，升腾，升腾，可是，加法恰恰是问题所在，因为上升没有任何意义，毕竟死亡是坠落，是怨念，是倒下，就像今天我遇到的那个死尸，他倒在小路上，孤身一人，静候我的到来，而我不过是碰巧在布斯塔曼特公园附近转悠，准备找个地方，来杯啤酒，消消暑，当时，热气黏腻，最冰冷的计算也会被融化，身处这般暑热之中，我几近崩溃，只想随便钻进哪个小店，赶紧凉快凉快，可就在此刻，在兰卡瓜街拐角处，我看到一具死尸，不得安宁的死尸，形单影只，余温尚存，在滞留此世与投身彼岸之间迟疑不决，他就在那里等我，衣着不合时宜，戴着小帽子，穿着羊毛小坎肩，仿佛死神久居冬季，他必须严阵以待，我的死尸在街角长眠，脑袋向前耷拉着，我快步上前，准备仔细看清他的眼睛，我弯下腰，握住他的脸，我要逮住他，盘查他，占有他，这时，我发现，他的脸上没有眼睛，没有，他的脸上只有眼皮，厚重的眼皮把他掩藏起来，城墙一般的眼皮，兜帽一般的眼皮，铁丝网一般的眼皮，我顿时紧张起来，不过，我开始深呼吸，屏住呼吸，呼气，我蹲下，我舔舐自己粗胖的手指，手指整根湿润，我用湿润的手指贴近他的脸，小心翼翼，我掀起他僵硬的眼皮，动作冷静，我缓缓拉开这层幕布，我要窥视他，攻陷他，减去他，没错，但是，一阵强烈的恐惧啄击我的胸口，这份恐惧让我全身麻痹，因为他的眼眶里浸满液体，液体不是蓝色的，不是绿色的，不是棕色的，那是一只纯黑的眼睛，它观察着我，死水生僵目，暗夜染乌瞳，我坠入他的眼眶深处，在他阴暗的虹膜上，我看到了我自己，一清二楚：窒息，萎靡，腐烂，身陷坟冢，无论如何，坟冢的出现让我意识到事态危急，因为这些死尸都是预兆，是线索，是迫在眉睫，我看到我的脸埋进他的脸，我的眼睛在他的眼窝里凝视我自己，我知道我应该抓紧时间，将此事彻底终结，我应当心无旁骛，直至归零，没错，我恢复镇定，做好准备，我掏出小本，准备把他记录下来，可就在此时，我听到远处传来一阵呼号，令人烦躁，救护车加速驶来，怒气冲冲，它迫使我迅速减去他，清除他，迅雷不及掩耳，因为加法始终是问题所在，相加从来是错误做法：如何才能让死尸的数量等于坟墓的数量？如何才能知道有多少人出生，又有多少人苟活？如何才能让数学意义上的死亡和记录在案的死亡保持一致？减去尸体，分解尸体，撕碎尸体，就是这样，运用末世的算术法，我要在末日的晨曦中，咬紧牙关，毅然决然，完成减法：一千六百三十四万一千九百二十八，减去三千多，减一百一十九，减一。

（　）

　　那晚，有灰烬从天空落下。或许也没有。或许，那层灰垢不过是我回忆的底色，而那晚真正上演的，只有一阵细雨和一场狂欢。那是一阵顽固的微雨和一个结，一个把我有关那晚的记忆和我童年里其他线索拴在一起的结。

　　天色已晚，铺天盖地的问候——诸如"你都长这么大了""时间过得可真快"——也随着日落归于平静。我的使命十分明确：等待门铃响起，检查来者拇指上的墨迹[①]，确认一切无误，为客人开门。那时，母令如山（她会说，这是*关键*任务），我不敢懈怠。于是，我认为自己有义务跟芭比娃娃们告别，它们应当被永久埋藏在院子里，而我则必须要成长为这个家的保卫者。我已经长大了，我应该

————————

[①]　在选举过程中，选民完成投票后，手指会被涂抹上半永久墨水作为标识，避免重复投票。——译者注（本书所有注释均为译注）

承担起守卫家门的重任了。我边想，边把芭比娃娃们放进土里。我不知道的是，不久之后，我会把这些沾着黑泥的人偶全部送给菲利佩。

我忠实地履行看门人的职责，接待如潮的宾客。来访者们亢奋又忧虑，他们会先在围栏前（在泥土前，在灌木丛前，在地上坚韧的杂草前）踌躇不决，但进门之后，他们就马上被卷入欢庆之中。这一切我都记得清清楚楚，尽管对此我没有一丝怀念。我记得湿泥的气味，记得舌头上椭圆的马基果，记得泥土在我膝盖上变硬结块（我变得紧绷绷的，我变成一块石头）。这些画面从未蒙尘，却也与对往日的眷恋无关。我已经驯服了我的恋旧情结（我把它系在一个遥远的柱子上）。况且，保留这些记忆并不是我自己的选择。1988 年 10 月 5 日，我的母亲——而不是我——决定，那个夜晚永远不该被我遗忘。

夜幕中，我看到三个陌生人走来，他们在门前停下脚步。三人中，一男一女体形高大，另一个女生中等身材。他们找了半天门铃，随后异口同声地念出一个错误的名字：克劳迪娅、克劳迪娅。两个大人的声音中夹杂着些许恐惧，他们紧张兮兮，一边叫门，一边回头，确认自己身后没有黑影跟随。中等身材的女生例外，她沉默而平静。她头发金黄，嘴里嚼着口香糖，把不耐烦写在脸上。

这一切都在暗示我，母亲早上说起的那个女孩就是她（你快收拾好自己，记得主动问好，迎接她，保持微笑）。我开门时，她连头都没抬。她站在原地，一动不动：眼睛盯着白色布鞋的鞋尖，双手插在破旧牛仔裤的裤兜里，一副耳机扣在耳朵上。这些便足以征服我。带她来这里的男人金发碧眼、胡须浓密，他站在她右手边，他的手搭在她头上（压垮她，掩埋她）。她的左边是一位杨树一般的瘦高女人。女人神情严肃，仔细打量着我。她的面容熟悉却遥远，我想我在老照片或者电影里见过她。可不等我认出她来，她直接开口打断了我的思绪。这是小帕洛玛。她指着中等身材的女生说。她推了她一把，好让她赶紧进门。你一定就是伊克拉吧？快去跟她拥抱一下（快来跟我拥抱一下）。她命令道。在她的强迫下，我和帕洛玛顺从地问候彼此，假装我们早已相识，假装我们是再次相逢（假装我们和我们的父母一样，对旧日有着如饥似渴的怀恋）。

摇滚明星，这是我对帕洛玛的第一印象。我们一起往屋里走，她独自站在走廊上，拒绝移动。她的父母也没有劝她，二人忙着与众人拥抱寒暄，在一声声"好久不见""简直难以置信""英格丽德来了"中没了踪影。不知不觉，我和帕洛玛两个人落了单。我们漠然地立在人群之外，如同两尊雕塑。在我们面前，客人们成群结队，他们在客厅、餐厅与厨房之间游走，他们在狂热与恐惧之间徘徊。帕洛玛在听音乐，她对周围的一切毫不关心，只在乎自己脚下的动静。她跺着脚，用鞋跟踩出某首歌的节奏，动作狂烈。一，二，空。一，二。我不知道该跟她说些什么，不知道该怎么打断她，也不知道该怎么克服我的胆怯——因为害羞，我差点把手指甲抠秃。我已经习惯了跟大人们待在一起，她的神秘出场让我焦躁不安。我的母亲宣布她的到来，就像是预告天使下凡，或是火星来客降临。她一定是被硬拖来参加这个无聊透顶的聚会的。沉默令人煎熬，可鞋跟撞击地板是帕洛玛展现给我的全部内容，我想，这是关于她的音乐的唯一线索。于是，我用一只脚边打拍子边靠近她的双脚。终于，我加入了这场沉默的合唱。她跺两下，我跺两下。过了一会儿，正当我们几乎要原地起舞时，她停了下来，我们两个都停了下来。帕洛玛转过身，笔直地站在我面前（她比我要高出十厘米，甚至十五厘米）。她拉起我的手，翻过我的手掌，把她的耳机交给我。戴上。她的声音有些奇怪，说话也带着口音。你戴上耳机，按播放。她重复了一遍，嘴里还嚼着那块被咬烂的白色口香糖。她先是亲手把黑色耳机罩在我的耳朵上，又把一根手指放在自己嘴唇前，示意我不要出声，让我跟她走。我挨着她走，尽可能地贴近她的身体。

她的一切都让我着迷：她肩头的丝绸吊带，钓钩一样垂在腰间的发尾，在我脑海一隅响起的她的音乐。一把吉他、一副人声、世界上最悲伤的哭号。

我和帕洛玛踮着脚进入餐厅，竭尽所能不引起任何人的注意。餐桌上没有空隙，摆满了高脚杯、直口杯、如山的报纸、小册子和电池收音机。我的父亲和她的父亲坐在桌子旁，他们互相轻拍彼此的手和脸，仿佛他们需要确认自己的名字和肉体匹配成功。广播里，我父母每晚都要听的节目马上就要开始，怪异的鼓点配上一段副歌是无休无止的坏消息的序幕（那个年代的配乐，永无止境的鼓声时代）。我向帕洛玛解释，收音机本身并不老旧，给它装电池只是因为我们想做好万全的准备，以防突如其来的停电让我们措手不及。停电的晚上，我会和菲利佩一起玩。我靠近她的耳朵，小声说。我们会玩失踪。我不知道帕洛玛是真的没有听见我在说话，还是假装没有听到我说的话。她从我身边走掉，开始检查桌上的杯子。她把它们一一举起，放到鼻子前，然后摆出一副被恶心坏了的表情，以示抗拒。在她的严酷审查下，只有两个杯子幸存，得以摆到我们面前。红葡萄酒还是白葡萄酒？她用粗哑的声音问道。红葡萄酒。我回答。（我当时真的说了*红葡萄酒*吗？如果我忘记了我的答复，这段回忆就会消散吗？）

帕洛玛递给我一杯红酒，她给自己拿了一杯威士忌。这个好喝。她低声说，用食指搅动冰块。喝啊。她说。把这杯红酒喝了，还是说，你不喜欢红酒？伊克拉？你几岁了？她连环发问，眼都不眨一下。我发现她脸上印着成百上千个小雀斑，我发现她眉毛下的眼睛是那么蓝，蓝得让我觉得那是一双假眼。一双塑料眼睛。一双审视我、揭穿我的谎言之眼。她扯出一个客套的笑容，机械地展示自己的牙齿，毫无笑意。她把口香糖吐在手心，用拇指和食指把它捏成一个小球。你先喝。她指着我的杯子说。轮到你先来了。她坚持道。她手上始终揉搓着不停变硬、变圆的口香糖。我深呼吸，闭上双眼，向后一仰，一口气把所有红酒倒进嘴里。咽下一口，咽下两口，咽下三口，咽下无数口。我不禁打了个冷战，睁开双眼。帕洛玛已经喝完了威士忌，她面不改色。冰块和她的牙齿碰撞，咯吱作响。她若无其事地把杯子搁到桌上，心满意足。这时，她微笑起来。

客人们激情澎湃地走来走去，互相打断彼此的谈话。他们的声音越来越高，语速越来越快，发出的噪声越来越多，说出的言语越来越少。鼎沸人声还是被广播声压过：第二轮投票。我的母亲坐立难安，紧张地来回踱步。诸位怎么看？她向空气发问，随便谁愿意回答。军队会承认大选结果吗？您还要来点酒吗？加点冰？广播声音调大点？她的每句话都以她机械的笑声为结尾，那个笑声我记忆犹新。我无法相信我的母亲会这样笑，那是刺耳的尖笑，嘴咧开一条缝（她洁白牙齿如同悬崖峭壁）。我不愿让帕洛玛看见我母亲这副样子。我好想靠近她，跟她说：母亲，我很爱你，非常爱，闭嘴吧，算我求你了，闭嘴，求你了。这时，广播里的鼓声打断了她的笑声，抑或是她的笑声和鼓声融为一体，警告人们要保持安静、保持严肃，现在要聆听选情播报，百分之七十二的选票已经统计完毕。

等到新闻播报完毕，桌子上已经不剩什么酒了。帕洛玛表示她想抽烟。她牵起我的手，拉着我穿过走廊。我记得我们步伐不稳，摇摇摆摆。一种全新的悸动掠过了我，那是一阵轻柔欢愉的眩晕。可没走几步，帕洛玛就打破了我的心动和喜悦。你的烟呢？她用她那发不出大舌音的西班牙语问我。她攥紧我的手，凝视着我。她的双眼让我说不出话，我不得不服从她。

我把她带到我父母的卧室。那间卧室在整栋房子的最深处，派对的噪声传不到房间里。你别紧张。帕洛玛头也不回，径直走进卧室。她细细打量起整个房间，边沿角落也不放过。我只能紧闭双眼，把门关好（闭上眼睛就可以关掉整个世界，就可以不被任何人看见）。等我再睁开眼，帕洛玛已经等得不耐烦了。然后呢？我指了指床头柜。我母亲把她的烟、火柴和偶尔服用的药丸都放在抽屉里。在一些阴沉的上午，以及每个停电的夜晚，她都会吃上几粒小药丸。床头柜上的巴克莱香烟只剩一根。帕洛玛拉开抽屉，东翻西找，马上找出一包新烟。她又拿走一板药丸，然后把这些东西一股脑儿塞进一个红色单肩包里。那个小红包像变戏法一样突然出现在她肩头（对于这种事情，人们一般都记得很清楚，红色单肩包散发出刺眼的光芒）。

地板开始在我脚下移动，像一艘失事船只迟缓地摇摆。我有些害怕，却又感到喜悦，因为我正带着帕洛玛在家里随意穿行。我们路过走廊和客厅，把人声低语和最新的票数统计都抛诸脑后。百分之八十三的选票已经统计完成。我用全力握住她的手，把她带到屋外，远离我们的爸爸，他们正在大喊大叫（她爸爸已经从椅子上站了起来，我爸爸则躲在他那副眼镜后面，眼镜把他的脸分割成两部分）。我爸爸用餐刀敲起他的高脚杯。他靠墙站着，离我们越来越远。叮，叮，叮。静一静。叮，叮。面对帕洛玛爸爸的暴怒，我爸爸似乎想用叮当作响的餐具保护自己。仿佛那个德国男人花了几年时间把自己打磨锋利，只为此刻向他刺去。肃静！我父亲喊道。人群终于安静下来，父亲便借此机会，为一长串陌生名字敬酒。一人对应两名两姓（正如所有逝者的姓名一样），整个名单像是一首诗。

我关上身后通往阳台的玻璃门，我们在一片漆黑中保持沉默（有灰烬掉落吗？还是下雨了？）。电停了好一会儿，大人们才察觉到自己身处黑暗：断电了，拉闸了，把收音机声音调大（而我脑子里想的是我的母亲和她的药丸，她们的药丸）。帕洛玛点燃一支蜡烛，从包里掏出那盒巴克莱香烟。来一根吧。她还是没能发出大舌音，拆开包装的动作倒是干净利落。她撕开金色锡纸，把锡纸扔到地上。她用手掌拍了拍烟盒，两支香烟滑了出来。我模仿着母亲吸烟时的样子，用中指和食指把烟夹住。帕洛玛则把烟盒凑到嘴边，双唇抿住滤嘴，把香烟拖向自己，仿佛她正在拿取一件易碎之物。她侧过脸，让香烟的另一端轻触烛火。经验十足。火焰点亮了她的双眸，她吸了口烟，眯上了眼睛（红色的眼睛，我想，酒红色的眼睛）。烟草燃烧，一层浓厚的白雾悬在她的嘴唇前。我看着她，嫉妒又着迷。广播里，百分之八十八的选票已经统计完成。与此同时，一团云雾从她嘴里呼出，随即在她身旁消散。

我羡慕不已，求她教我。我问她是怎么学会抽烟的，是从什么时候开始抽烟的，烟要怎么抽才能不咳嗽。你从来没有抽过烟？她吸了一口，问道。但是那些小药丸你肯定尝过吧？她边说边从药盒中倒出一粒。她把胶囊贴在舌面上，未散的烟雾还留在舌边。我感觉我的胃在翻滚，胸口和脸颊上一片灼热。我跟她说没有，我当然没抽过烟，抽烟恶心。说话时，我的眼睛盯着地上某个点。她进门时，眼睛也盯着地上某个点，但那不是同一个点。我想要在地上找到她的鞋之外的东西，我的脚之外的东西，泥土之外的东西，我自己之外的东西。我要找到一个我无法揭露的秘密。我提醒她，她以后会手指变黑，皮肤暗沉，牙齿焦黄。我告诉她，那些药丸都是我妈妈的，她阴天的时候吃，停电的时候也吃。她无动于衷。她告诉我，每天早上进学校之前，她都要抽烟，在柏林，和她的朋友们。我不知道柏林在哪儿，但我能够想象到她在一片青绿广阔的森林里吐出缕缕白烟。我讨厌她。

来电了。收音机里播报员情绪激昂，我们无法继续交谈。帕洛玛的爸爸指着我的爸爸，暴跳如雷：烂人，懦夫，你不配向任何人致敬，婊子养的。我母亲走进客厅，撞见帕洛玛父亲正在怒吼。她马上随手拿起一个杯子，把酒倒满。她把酒杯举在身前，走向帕洛玛的父亲，她仿佛想要以此来保护自己，让二人之间至少保持一杯酒的距离。她递出那杯红酒，央求道：冷静点，拜托，不至于的，来，汉斯，我们来碰一杯，庆祝庆祝好消息，为什么现在发作呢，都过去这么长时间了。今天是个特殊的日子。她说着，把酒杯强塞到他手里，捏着杯子的手指无暇指向我爸爸。有些事情，我们最好不谈。帕洛玛的妈妈安静地坐在椅子上，默默观察着一切。她轻轻点头，神态在我看来十分奇怪，好像只有在咆哮声中、在数据统计播报里、在怒火中心，她才真正与我母亲相认（和克劳迪娅相认，或者和孔苏埃洛相认，我不知道）。我爸爸则垂着头，沉默不语。他好像想说点什么，想吸支烟，想伴着音乐入眠（从被子里伸出来的脚尖，电视里带着智利口音的票数统计播报）。可德国人又叫骂起来：败类、叛徒。而我的爸爸如鲠在喉（我想去抱抱他，把他从那里拯救出来）。我和帕洛玛陷入新一轮沉默，直到我无法再忍受他们的叫喊。我也想抽烟。我和她说。百分之九十三的票数已经统计完成。我也想离开。我又说。那时我不知道，一句谶言要等那么多年才能将将实现。

帕洛玛转过身，背朝玻璃门。她掏出火柴盒，点燃一支烟，把烟递到我嘴边。来一根吧。她说（我会说一起来一根）。这是正经事。她强调。香烟在她双唇间抖动。我接过香烟，我想知道烟到底怎么抽，我会不会胸疼，烟圈会不会很烫，我会不会喘不过气。可火苗就要在我眼前熄灭，我没有提问时间。

我深吸一口，停止思考。

深吸一口，我像是被人一把攥住喉咙。

深吸一口，门开了，我的母亲来找我。

帕洛玛迅速从我身边闪开。

我把烟藏在身后。在母亲向我走来的几秒钟里，我强忍住没有吐出烟雾，没有咳嗽。我母亲蹲下来，凝视我（埋在我胸口的烟雾横冲直撞地寻找出路）。她抱住了我，越抱越紧（选票成千上万，香烟在我指尖燃烧，身材高大的帕洛玛爸爸冲向我爸爸，试图逃窜的烟雾挤压我的胸口）。母亲握住我的肩膀，指甲嵌进我的皮肤里。她向我开口，气喘吁吁，她抖动的声音像枯树的枝条：伊克拉，我的女儿，你永远都不能忘记这一天（因为我永远不应该忘记任何事）。

永远不能忘。她重复道。一阵干咳在我身体里炸开，它冲出我的身体，我咳得颤抖不停，咳得只剩一副空壳。

空气变得干冷，像红酒、马基果和大舌音。气氛沉重压抑，天空乌云密布。我母亲离开之后，帕洛玛回到我身旁。她抚摸我的后背，轻轻拍了我几下。她把三个小药丸放到我的手掌上（三个白点的省略号）。她又给自己拿了三个，她把三颗药一口吞下。咽了它。她仿佛在邀请我共同举行一项神秘仪式。咽了它，就现在。她坚持道。我毫不犹豫地照做，帕洛玛用双手捧起我的脸。我吞下药丸，尽管它味道苦涩，尽管我害怕。她靠近我，合上双眼（几百双眼睛都没有看到我）。我闭上眼睛，我想和停电游戏，和夜晚游戏，和失踪游戏。我闭上眼睛，我想象着无边无际的森林被她吐出的烟圈环绕。意料之外的吻。一个几秒钟的吻，不短也不长，刚好让我和帕洛玛得以目睹接下来的一幕。那一刻，她爸爸向我爸爸挥拳打去。那一刻，咳嗽声盖过最后的计票结果。那一刻，我的母亲和客人们拥抱，让他们也不要忘记这一天。

10

有人得死，就有人得埋，我呢，就得负责把死尸找出来，一个接着一个，从某个周日开始，那天，我遇到了第一个死尸，真是令人难忘，改变了一切的死尸，先锋般的死尸，没错，因为他全神贯注地静候我的到来，等我来把他减去，他躺在地上，他的大眼睛看着我，我也毫不犹疑地望向他，一见钟情：我知道，武装广场上的这具尸体是属于我的，毫无疑问，但这也不意味着我每天在街上溜达，就为找到几个死尸，不至于，是那些死尸找上了我，尽管有人认为，事实恰恰相反，比如我奶奶艾尔莎，她经常说：一个人只能看见他想看见的东西，小菲利佩，这么说的话，我想看见的就是死尸，因为他们总是出现在我眼前，也不经任何人的许可，不速之客，不管是不是工作日，也不管是不是元旦假期，因为起初，死尸只在周日出现，这是事实，不过现在，他们出现的时机已经没有规律可言了，他们只是不停出现：一开始，我在永盖区散步，热得头昏脑涨，一扭头，一个死尸立马出现，他蜷缩在路边水沟里，姿势诡异，跟练过软骨功似的，他的脑袋垂在两膝之间，窝着脖子，当然，别人看了都会说，这只是个醉鬼，周末派对里的其他人都走光了，因为他们受不了圣地亚哥的狗屎天气，但是，事实不是这样的，这就是个死尸；然后，我坐上公交车，我盯住坐在最后一排的那个，他脸蛋子贴着窗户，不过玻璃上没有一点鼻息打过的痕迹，他根本没在喘气，这也是个死尸；之后，只需擦亮眼睛，便能看到他们无处不在，要长出猞猁的眼睛，肉牛的眼睛，阉牛的眼睛，接着，我走下公交车，舒展眼周肌肤，瞪大双眼，逮住在车站等车的那个，他绝对绝对是迟到了，不过他也伸腿瞪眼了，因为他们就是这样出现的，没有提前通知，也从不大张旗鼓，我把他们记在我的小本上，如同统计大选选票：五个一减，五个一减，从第一个开始，日复一日，第一个死尸出现在深夜，那天，我在武装广场散步，看街上的耗子啃食散落在地上的蜜饯花生，耗子风卷残云，我心不在焉，被我吸入的空气告诉我风雨欲来，我嗅到黑夜中黑色花朵的气息，我想要清空脑中的白日思绪，突然，我看到广场中央有个怪东西，很久以前，那里放的是绞刑架，吊小偷，吊无神论者，吊异端，就在那里，我看见了个怪东西，我向它走去，没错，起初，我以为那是一只野狗在休眠，我接近它，小心翼翼，准备跟它打个招呼，但是，等我来到它身边，我发现那根本不是野狗，那是一个男人，或者是一个女人，或者既是个男人，又是个女人，我就是这么想的，我看到这位可怜人仰面朝天，他躺在地上，四仰八叉，这是死尸特有的姿势：关节错位，躯干僵硬，无声无息，这个死尸个头不矮，头上蒙着一块红布，身上穿着厚格子裙，脚上是菱形格子袜和青绿色塑料拖鞋，他就在那里，一张宽脸，却没有面容，仿佛他的眼睛早已陷入皮肤之中，躲藏起来，没错，我也在那里，我看着他，也看着周围的鸽子，因为有十二只鸽子正在给他守夜，鸽子咕咕叫，哼唱哀乐，臭虫爬满他的鞋袜，老鼠和野狗嗅着他，为他哭嚎，我稍感震惊，随即冷静下来，我想，至少这是在夜里，不是在白天，因为所有人都知道，一到夜晚，人们的想法就变了，我认为，作为死亡场地，广场并不糟糕，一切都从这里开始，或者，一切都在这里结束，我就是这么想的，不过，我突然回想起小时候，那时，如果电视荧幕上要出现死尸，电视台肯定会提前警告，七台有位干瘦的金发女主持，她会说：以下图像不适合敏感人群和未成年人观看，她永远会这样提醒大家，我奶奶艾尔莎肯定算是敏感人群，因为她总是用双手盖上眼睛，遮住脸，她的手布满皱纹，枯如树皮，她缩到自己的手掌之后，东躲西藏，直到丑恶的片段结束，但是，她从未对我说过什么，从来没有，于是，我会继续蹲坐在电视机前，收看地上的尸体或是残骸，准确地说，是墓坑深处堆叠的数层人类骨骼，是死尸做成的酥皮千层：成百上千具骸骨相互依存，相互取暖，相互摩擦，我瞪大双眼，对我来说，这些白骨美丽而珍贵，因为我爱白色，牛膝骨的白色，当然，这是因为我爱牛膝骨里铅白色的胶状骨髓，骨髓的白色跟钦威翁①浴缸的白色一模一样，每当看完新闻，我就会钻进那个脏兮兮的浴缸，我要把自己染白，让自己消失；我在浴缸里放满冷水，脱掉衣服，我赤身裸体，进入浴缸，我会观察我的脚趾，等待我的脚指甲慢慢变白，但它们始终没有变白过，它们只是变蓝，冰水下的蓝色指甲和鸡皮疙瘩，再泡一会儿，我的皮肤就会发皱，像枣，像大象，像烫过的西红柿，我的表皮要掉了，我的皮肤想要脱落，这正合我意，我让自己浸在钦威翁的冷水之下，我想要自我分解，但是我做不到，因为我奶奶艾尔莎一定会准时出现，她会

---

① 钦威翁（Chinquihue），智利中南部沿海地区，位于湖大区，距离蒙特港 12 公里。

跟我说：但是，我的孩子，我的宝贝，你怎么泡在水里，这又是在胡闹些什么，你又给我找事，然后，她会把我从水里拉起来，把我拽到空气里，我一出水，强劲的寒气就钻进我的皮肤里，像针扎一样，我全身麻木，我奶奶环抱着我，用毛巾擦拭我的身体，锯木头，锯木头，想要奶酪给骨头[①]，她警告我，如果我再调皮捣蛋，她就把我送去圣地亚哥，有伊克拉的圣地亚哥，在圣地亚哥，等待我的便是高温湿热，是鲁道夫和横穿他身体的伤疤，是孔苏埃洛和她的苦闷，是哀伤的气味，是悲伤的番荔枝，这时，尽管被白毛巾裹着，夜晚的想法仍然降临到我身上，癫狂的蚁群覆盖我的头皮，没错，我奶奶用毛巾驱赶黑暗的想法，她痛击它们，恐吓它们，她会叫我倔孩子，每次她用毛巾擦干我的身体，她都会这么叫，她理顺我的皮肤，熨平盖在我骨头上的褶皱皮肤，我骨头细，即使藏在衣服里面，我的骨架也十分显眼，墓坑底部的骨头也同样显眼，一次又一次被电视转播的骨头，没错，但是，至少那时还有预先警告，不像现在，现在，他们直接出现，一个接着一个，圣地亚哥的死尸们，圣地亚哥，这座居丧的城市，它一定一定不敏感，也一定一定不是未成年。

---

① 智利童谣《锯木头》（*Aserrín aserrán*）。

（　　）

　　电话在意料之外的时间响起，让我猝不及防。当时，我正在工作，研究怎么把一个不可译的英文句子转化成西班牙语。在同一把椅子上坐了几个小时，我几乎要肌肉痉挛。如果电话是在九点一刻打来，我便会猜到是她。每天上午九点十五分，雷打不动。我的母亲不会在下午三点拨通我的号码。我放下手头的任务，脑子里琢磨着让我焦头烂额的句子。我的为难之处在于，英文原句中有一处语病，我不知道是应该还原它，还是应该改正它：是原原本本地翻译那处语病，让它在西班牙语里重现，还是修正原来的句子，写就一份错误的译文。翻译悖论已经让我头昏脑涨，下半身的酸胀麻木更叫我心烦意乱。我接起电话。

　　我的母亲语速极慢。气息和词语之间的每一处停顿都经过她的精心计算。没有问候，没有谈论天气，没有"这该死的炎热"，没有任何多余的话语。噩耗之前没有铺垫。这是她宣布紧急事件的方式，她把它排演得天衣无缝。母亲的声音把每一个音节都锤进我的耳朵里，钉在我的脑海深处。她说：英格丽德，死了（一阵眩晕，在植物、宠物和朋友去世时发生）。我没有马上回应。我试图回想她的脸，把她的形象与她的名字对应起来：英格丽德，英格丽德。我当然记得她（一棵瘦高的杨树正在按门铃）。我闭口不言，漫长而紧张的留白。沉默了一会儿，我告诉母亲，想不起来，我一点都想不起来英格丽德是谁。这句话瞬间把她激怒，她愤怒地通知我，英格丽德的女儿明天在圣地亚哥落地，我应该开着她的车，到机场去接她，这么热的天，她没法出门。她叫帕洛玛，你怎么能什么事都记不得。

去机场的路上，我汗流不止。其实，我已经汗流不止好几个礼拜了，只不过现在憋在车里，炎热更加令人窒息。当然，车外也不例外。吹进车窗的风都是湿热的，仿佛我吸入的空气是其他人嘴里呼出的废气。我摇上车窗，抹掉脑门和脖子上的汗珠。真让人绝望。几个月没下雨，炎热已然在圣地亚哥落地扎根，毫无撤退的征兆。起初，有关天气的话题还能登上新闻头条：热浪摧毁农田数百块；中部地区遭受农业灾害。可现在，时至深秋，温度计示数攀上三十六点六度、三十六点七度、三十六点八度，却也不再有人在意。人们似乎已经习惯了永恒的夏天。除了我。只要出门，我一定会躲进阴凉里。我在小路间穿梭，专挑被树木和凉棚遮盖的地方走。其实我心里明白，问题的根源并不在太阳。这份狠毒的炎热另有源头：它来自地表之下，它让地面上的腐物升腾，它由下而上包裹住人们的躯体。这份炎热预示着灰烬的降临。但我并不关心灰烬。那层灰色点染公园和花园，沉积在房檐和屋顶。我喜欢这层灰色，它甚至让我如释重负。我难以承受的是将至未至之事，我难以做到的是耐心等待。炎热是我真正的噩梦。甚至更糟：炎热意味着明日噩梦就要降临。

机场到达区的人换了一拨又一拨。我听着音乐，回忆起与帕洛玛第一次见面的细枝末节。我漫不经心地看向周围：大门打开，等待者们面露焦虑，人们像企鹅一样机械地走来走去（重心从一条腿换到另一条腿），空姐们挂起公式化的微笑。座椅的短缺和内心的不安围困住在场所有人，每个人都筋疲力尽，而每个人又都享受着甜蜜的等待。无论如何，他们是等待者（在机场的、在诊所的、在法院的、在车站的耐心的等待者）。我没有必要在这里多待一分钟。我想起那个"离开这里"的诺言。从我和帕洛玛第一次相见到现在，逃离的承诺我没有实现过分毫。那是始于当日的幻想，是我日日年年的白日梦。此前，它只是有关某种交通工具的模糊画面：在火车车厢找到最后一个座位，站在公路旁伸手搭车。而此时此刻，在机场等候区，它就要在我脑中炸裂。目的地从来就不重要。我计划这趟出行如同计划一场逃亡。离开。离开圣地亚哥，不惜一切代价。我有足够的存款，我可以随便挑一个离家几千公里的地方定居。可是，当我能为自己挑选住所时，我选择的地方和我母亲家只隔了八个半街区。

我最后一次向自动门内望去。我开始想象，如果我没能接到帕洛玛，独身一人把车还给母亲，她会就我的懒惰散漫和缺乏耐心发表怎样一番长篇大论。我又往里看了一眼，内心不抱任何希望。我确信她肯定是没认出我，自己走了。可就在这时，我看到了她。

一群出租车司机举着牌子跟在她身后，不停地跟她搭话，她就像没听到一样。那是帕洛玛。一个小行李箱跟在她脚边，点燃的香烟夹在她指间。她穿了一条超短裤，金色长发拢到头顶随意扎起来。她一只手拽着白色短袖的下摆扇来扇去，想让自己凉快一点。当着机场警察的面，她吸了口烟。警察大为错愕，不敢相信自己的眼睛，他不知道是应该让她缴纳罚款，还是放任她为所欲为。她只是抽烟，若无其事地抽烟。她脸上，儿时的婴儿肥已经消失不见，但额头上仍然印着大片雀斑（几张脸重叠在同一层皮肤上：儿时的帕洛玛、成年的帕洛玛、又是儿时的帕洛玛、她已故的母亲）。她的眉毛颜色比发色要深，睫毛膏的修饰突出了她双眼的轮廓。我本以为，我会看到一双泛红的眼睛，可她看起来十分平静。过于平静。仿佛并没有人去世，仿佛她还在飞机上，透过小窗户凝望这座埋在山丘之间的城市。帕洛玛单手抓起挂在脖子上的老旧相机，拍下墙上的广告。她开始观察一个皮斯科酒瓶，悠闲又放松。随着视角改变，瓶子的颜色也在红橙绿紫间变化。帕洛玛站直，蹲下，又站起来，来回几次，想要找个更好的角度。一个身材肥胖、浑身是汗的出租车司机站在一边，饶有兴趣地观察着她。我向他们走去，准备搭话。我越走越快，越走越坚定。我惊讶于自己认出了她蹙起的眉毛，认出了她舌头上的穿孔，认出了她行动间的轻盈：扇动衣摆、拍照、吸一口烟。

出租车司机佯装被人叫走，消失在一众等候者中。她把目光从酒瓶上收回。她出汗了。一缕金发贴在额头上，这让她看起来疲惫且不修边幅，她似乎陷入这种状态当中，今天不会变，接下来的几天也不会变。帕洛玛吸了口烟，面无表情地转向我。她冷漠至极。正是这样的表情，这样的眼神，推着我继续向前走，让我把我的身体掷向她的身体。帕洛玛及时伸出一只胳膊，微妙而明确地后撤一步，她拍了拍我的肩膀，优雅地避开了我不加节制的拥抱。伊克拉。她说。仿佛念出我的名字是仪式的一部分，仿佛我的名字能够召唤出一个幽灵般的存在。我感觉自己踩在一级不存在的台阶上，而她对此毫无察觉。她掐灭香烟，感谢我来接她。我以为来的会是孔苏埃洛。说话时，她脸上带着热情的微笑，目光悠悠地望向我脑后远方的某处，机场的某处，这座她还未踏入的城市的某处（虚假之眼，谎言之眼）。

在我听来，帕洛玛的声音有些奇怪。或许，我期待的是她小时候的声音，那个在我记忆中回荡的沙哑声音。现在，她的声音完全变了，回答我的提问时，她用的是一种中性口音的西班牙语。我原以为，她的西班牙语仍然说得笨拙，跟八八年时不会有太大差别。然而，她已经学会了吞掉辅音或者整个音节，学会了像被烫了嘴一样发出"s"的音，学会了用谈论酷热或雾霾来填补对话的空白，学会了像我一样避免沉默——可惜我们之间的沉默不可避免。完成例行问候之后，我们之间便出现了一段漫长的空白。我或许可以趁此机会提起有关她妈妈的事，她大概会疏远地拍拍我的肩膀。你母亲的事，我也很难过。你现在的感受我难以想象。节哀顺变。每句慰问都比前一句更糟糕，可我只能想出这些冰冷的客套话。这些话听着像蹩脚的译文，如果用英语说，它们会更加顺耳。

为了对抗沉默，我开始在脑海里把周围的物品整理成清单，以此来避免我的眼神暴露我的不自在。我的眼睛总是学不会伪装（我清点出十二个被疲惫旅客拖拽的行李箱，一串夹在颈部赘肉间的珍珠项链，两个写着外国姓氏的立牌，三趟延误、推迟或取消的航班）。

帕洛玛碰了碰我的肩膀，问我在想什么。清单只能先列到这里。这是我母亲会提出的那种问题。当她分心或沉默不语时，别人也一定会这样问她。她的飞机刚落地，我们也只是简单问候了几句，此时便想打探我的想法，我怎么会说呢。我没有回答。我脑海里那份被毁掉的清单中，不包含回答她的问题。更何况，我唯一好奇的是，飞机里哪里能停放棺椁。看到她脚边的小行李箱后，我只能产生这一个疑问。但是以此来开启一场对话，似乎并不合适。

我告诉她，晚上八点，我们一起去我母亲家吃饭。我问她愿不愿意先把东西放下，这样能减轻一些负担。她给我展示了小行李箱的尺寸，叫我别担心。不过，孔苏埃洛没来机场很奇怪。她坚称。电话里，她说她会亲自来接我。帕洛玛说话"s"化[1]严重，仿佛所有"s"都在她的

---

[1] 美洲西语中的"Seseo"现象。具体表现为，不区分位于"e"和"i"之前的"c"和"z"的发音和相同位置上"s"的发音，均发为"s"音。

舌头上遇到了障碍物（一颗螺丝钉、一枚弓箭头、一个生锈的钉子）。孔苏埃洛答应我了。帕洛玛坚持道。我的目光锁定在她闪亮的舌钉和不幸的遭遇上，无法移开。孔苏埃洛出什么事了吗？她还好吗？（我努力不去看她的舌头，我从地板上清点出三个被踩扁的烟头）。我头都没抬，应了一声。我母亲当然很好。问题从来不是她好不好，而是她口中的*亲自*是谁的*亲自，我来接你*的我都包括了谁。但是我没跟她说这些。我只是跟她建议，离开饭还有段时间，我们可以先逛逛圣地亚哥。在那顿能把我逼疯的晚饭开始之前，我们时间充裕。

我们的日常会面总是很短暂，仿佛我们只是在街角偶遇，而几个街区之外，还有急事等着我赶去处理。上午九点一刻：电话铃响。九点二十：买一份报纸，买面包，买日用品。九点四十：走过八个半街区，在母亲家前院里见到她（她正在给草坪、石板和柳条家具浇水）。随后，我们会展开一段不停被打断的对话：我们交谈，母亲去做饭，或者去卸妆；我们交谈，她去给植物浇水，或者去整理买回来的东西；我们交谈，她陷入回忆，我被迫延长逗留时间。一而再，再而三，二十分钟，半个小时，三十五分钟，时间流动异常缓慢，而我的母亲反复诉说着同样的故事，一模一样的语调，一模一样的叹息。我们从来没有面对面交谈过，更不用说在晚饭时交谈。问题在于我的眼睛，我的眼睛无法承受她的眼神（无法承受她曾目睹的一切的重量）。我的眼睛会紧张地盯住她薄薄的嘴唇，盯住墙上的钉孔。如果我强迫自己直视她的眼睛，如果我在深呼吸之后，终于能够在某个瞬间承受住她的目光，我的母亲便会无情地发动进攻：你长着我的眼睛，伊克拉，每一天，你都更像我一点（她曾目睹的一切的重量把我的视线压向地板）。

　　仿佛是晚餐的压力提前到来，或者是她的身体知道要提前做好准备，上车之后，帕洛玛一直抖着一条腿。她抖得暴躁，我没有试图安抚。一路上，她不停给收音机调频，反复开关车窗，一刻不断地吸烟。香烟一根接一根，上一根点燃下一根。终于，她想起自己带了音乐播放器。她把播放器连到车上，这才镇定下来。一首悲伤的慢歌让她平静（一个女人，一把吉他，一段没有歌词的旋律）。我开着车，比起关心选条车少好开的路，我更关心的是帕洛玛在做什么，或者她没在做什么。或许是逃避晚饭的意愿太过强烈，或许是为了和她一起迷失，冒着永远找不回家的风险，我开上了岔路。我建议说，我们可以多开一会儿，从高处看看圣地亚哥。我告诉她，圣地亚哥最好远观，不要近瞧。不等她回答，我踩下了油门。

9

　　尽管很多人与我同行，尽管不少人和我同路，但能找到他们的，只有我，一次又一次，我那成百上千双眼睛统统瞪大睁圆，然后，我就看到了他们，伊克拉恰恰相反，她什么都看不见：她走在街上，心猿意马，一会儿说起散落在李树枝叶间的日光，一会儿又谈论大厦的影子是怎样在地面上伸延，我只能附和，啊哈，我回应道，嗯，真有意思，小伊，可是，她说的那些东西，我从来没看见过，那些美好的、清晰的、寻常的东西，我从来没看见过，伊克拉不一样，那些丑恶的、古怪的、重要的东西，她全都看不见，比方说，她看不见死尸，也看不见七月十号那天，有个老头往帕牌汽水瓶里撒尿，他坚称他的尿带汽儿，伊克拉又开始了，她说太阳缓缓落下，大地闪耀金光，太烦人了吧，拜托！当然了，这句话我没有说出口，没有，因为，如果我们俩闹掰了，等我缺钱的时候，整个圣地亚哥城里，还有谁肯借给我一张沙发床呢？于是，我装傻充愣，跟她说，嗯，没错，太惊艳了，小伊，我们继续散步，我找到最为棕黄枯脆的那片树叶，用脚踩上去，伊克拉马上开口：嘘，停下，菲利佩！因为她希望我别出声，这位大小姐，仿佛不入禅境，就注定与这片金光闪耀的大地无缘，可问题在于，伊克拉一走路就这样，尾巴夹得比狗都好，而我恰恰相反，走路时，我总是躁动不安，因为沉默让我精神紧张，从小我就喜欢噪声和喧闹，越夸张越好，有了它们，我才能不再听到自己脑海中的连篇废话，所以，我一边听音乐一边走，扣上耳机，万事大吉，但是，耳机隔三岔五没电，每到这时，我就会去踩棕黄的、黯淡的、能弄出动静的树叶，树叶嘎吱作响时，我开始联想其他有声的东西，我想让新想法的噪声压住更深层的思绪，这时，我总会想起我奶奶艾尔莎，她坐在钦威翁的厨房里，她的指肚下，鸡蛋壳发出声响，因为她得把蛋壳粉末和牛奶搅拌在一起，一小口奶，再来点蛋壳，够喂那条营养不良的小野狗一顿了，她说，让它补点钙，她坚持道，蛋壳破裂，咔嚓作响，她把蛋壳碎片和几小滴白色液体混合在一起，她把蛋壳奶端给那条孤零零的小狗，那条瘦野狗初到我家门口时，耷拉着小耳朵，口鼻湿润，那天早上，它出现了，哆哆嗦嗦，因为狗妈妈不要它，小狗妈妈走了，狗爸爸不知去向，这是我奶奶说的，她边说，边用双手晃着它，我马上明白，她会喜欢它，因为我奶奶艾尔莎爱一切如爱子：小狗，母鸡，鹦鹉埃瓦里斯托，当然了，还有我，甚至，她曾经让我管她叫妈，叫她老妈，叫她好妈妈，但是，我是倔孩子，我没有叫过，不过，我的小狗兄弟舔食蛋壳奶时，我的确在旁边仔细观察，我观察它怎么把粗糙的舌头探进结块的牛奶，没错，我喜欢看它湿润的舌头，喜欢看它在暴雨中生吞硬咽，大雨倾盆，雨水打在泥土上，打在瓦片上，打在我身上，野狗把它的指甲嵌进地毯，我把我的目光嵌进它的皮毛，小狗舔食牛奶，它被噎住了，它开始咳嗽，没错，我也开始咳嗽，这样一来，我们会更加相像，我们一起咳嗽，动物咳嗽交响曲，只有这样，我奶奶才能借着它的例子，让我也吃点东西，因为我不喜欢煮鸡蛋，可我盘子里永远都有煮鸡蛋，太恶心了，小老爹！因为蛋清过于光滑，而所有光滑的东西，我都不喜欢，但是，既然我的狗兄弟连鸡蛋壳都能吃，那我自然能把煮鸡蛋全部吞下，我奶奶艾尔莎就是这么说服我的，在圣地亚哥踩叶子的时候，我会想到她，我会想到一切能发出声响的事物，比如钦威翁的雨，比如在我齿间迸开的大叶草，比如挂在墙上的一串串智利腕海鞘，比如在烟囱里烧毁的木柴，我还会想到被关进笼子，放到厨房的鹦鹉埃瓦里斯托，表面喧闹，内心沉静，哑巴鹦鹉！我奶奶总是这么叫它，是它，让我明白了数学真正的关键所在：顺序，顺序很重要，没错，运算顺序改变计算结果，除此之外，还要区分部分与整体，因为埃瓦里斯托总是瞪着那双凸出的小圆眼睛，它监视我，我的一举一动它都看在眼里，我的倒影被关押在它的眼珠里，而我又酷爱观察那个倒立的自己，于是，我必须近距离窥探，我要看到它眼睛里的我，所以，我把手探进笼子，先往里伸一点，再往里伸一点，埃瓦里斯托往后躲，先退一小步，再退一小步，它撞上了铁丝，细长的、灰色的、冰冷的铁丝，这时，我一把攥住它，如此一来，我便能感受到它温热的躯体、柔顺的羽毛和激烈的心跳，因为这只可怜的小鹦鹉并不想离开笼子，不，但是，我别无他法，我必须要证实或证伪我的假设，伊克拉学校里的老师们都是这么说的：假设，或被证伪，或被证实，孩子们，于是，我抓起小鹦鹉，它的翅膀紧贴身体，它开始尖叫，当然，我会想起埃瓦里斯托，正是因为它会尖叫，因为它能发出噪声，没错，于是，为了防止我奶奶艾尔莎听到，我把它带到钦威翁的卧室，在我的房间里，我注视它良久，我想了解它，因为人们表面上是什么样根本不重要，那些都是表象，我的孩子，我奶奶这么告诉我，重要的是内在，孩子，于是，我开始拔下埃瓦里斯托的羽毛，一根又一根，我拆下它的羽毛，绿色的、柔顺的、浮于表面的羽毛，没错，我给它去毛，慢条斯理，我把羽毛摆在桌子上，温热的小哑巴，因为埃瓦里斯托的内心是沉默的，我把它的羽毛整理成扇形，大的、绿的、属于我的扇形，我想，其实，它体内还埋着更多内容，比如它刺耳的嗓音，比如它的想法，比如它的每一块骨头，没错，我想看到这些内容物，所以，我把锋利的叉子刺入它的后颈，一道血柱翻滚而出，红色的、善良的、美丽的血，在最深处，我看到了它的小骨头，小骨头也是红色的，因为骨头不是白色的，不是，骨头是红色的，是鲜红的，所以，没人能找到他们正在寻找的东西，因为他们压根不知道自己在找些什么，他们也不知道，整体不是我们要找的东西，不是的，重要的是部分，我边想，边盯着自己的桌面，我凝视着摆成绿色扇形的羽毛、红色的小血泊、褶皱的皮肤，我问自己，还需要什么，才能把部分拼接起来，把整体重新组装，把埃瓦里斯托送回它的笼子，缺了什么呢，缺了什么呢，它的声音，缺的是它的声音，我想，就是这样，因为它像个小哑巴一样，而我不喜欢沉默，这时，我突然意识到，我不知道它的声音在哪里，我弄丢了埃瓦里斯托的声音，世界上没有哑鸟，没有，我不能重新组装它了，于是，我抓起羽毛、皮肤、美丽澄澈的血，把它们塞进小鞋盒里，我离开家，离开，在乡间，我漫无目的地游走，我把它装进纸盒，带在身上，我走向钦威翁的牧牛地，我确实这么做了，我行走时，小狗兄弟一直紧跟着我，它几乎要踩上我的脚踝，我们一起选了一个漂亮宽敞的地方，我们瘫倒在地，没错，我和小狗跪在地上，刨出一个大坑，用它的爪子和我的手，我们挖出一个深洞，跟我在电视上看到的一样深，薄荷枝和罗勒叶之间的巨大墓坑，我们把埃瓦里斯托的几部分埋进坑底，然后用泥土、苔藓、草叶盖住它的残骸，湿泥堆成的土墩，这时，我终于感到难过，那是一种黑色的、黏稠的悲伤，它让我闭上双眼，它让我去觉知我脑中的白，在我眼中炸开的白，那是一种白色的、线状的痛苦：断断续续的横条，一道道虚线，它们都在说，减，减，减，没错，我的野狗兄弟紧张起来，它伏在我身边，它开始嗥叫，一小声尖叫，这是它说的第一句话，跟着这声凄厉动听的犬吠，我也开始嗥叫，因为我想嗥叫，我流下咸涩的泪水，因为我终于明白，整体和部分不是一回事，因为一个东西可以内在是红的、沉默的，而外在却是绿的、尖锐的，因为那是我的第一个死尸，是它，是埃瓦里斯托，不是武装广场上的那个，因为无论如何，死尸就是死尸，当死尸出现的时候，理应嗥叫，没错，嗥叫，直到我们气竭声嘶，直到一切化为乌有。

（　　）

　　封闭，潮湿。这是我进入母亲家后的第一感受。门窗紧闭，窗帘合得严密，走廊昏暗压抑。餐厅里，一盏孤灯照着几朵枯花，更显凄凉。苦心经营的破败景象。

　　帕洛玛跟着我走到桌边，坐在我平常的位置上。她开始随意地和我母亲交谈，仿佛她之前的不适只是因为见面时的拥抱。她原本只想礼貌地浅浅相拥，谨慎又正式地说上一句，你好，孔苏埃洛。然而，我们一迈进前院，我的母亲便把她紧紧搂在怀中（紧绷的肩膀，苦涩的马基果，跺着地板的双脚）。就这样抱着，帕洛玛开始在无措和愤怒之间摇摆，这时，我母亲放开了她。她苦涩地凝视着她。偶尔，她也会这样看向我，就像在看一个彻底破损且无法修复的物件。突然，她抬起她的下巴。一模一样。她断言。除了眼睛，你跟英格丽德一模一样（她指的是那双空洞的眼睛，没有神采的眼睛）。

帕洛玛从问候中缓过神来。她跟我母亲保持着几米距离，手边放了一杯红酒。她看起来恢复了活力，甚至有些兴奋，因为她的西班牙语终于有用武之地。起初，她说话时还有些胆怯，聊过几句，她便自信起来。帕洛玛儿时曾在各地辗转，她一口气报出那些城市的名字：慕尼黑、法兰克福、汉堡、柏林（我因为这些旅程而厌恶她，我讨厌她有过这么多的旅程）。她说起英格丽德，说起她的数次搬迁，说起她在外面的生活（在什么外面，我不是很确定）。她一直渴望回返。帕洛玛跟我母亲说。而我的母亲正忙着拿水、拿红酒，她在餐厅进进出出，装作对她的话不感兴趣。我不知道她为什么不回到智利，毕竟，她不停提起你们。帕洛玛补充道。她细细端详自己的手掌，仿佛她的手掌里藏着一份迟来的真挚歉意。

我坐到帕洛玛对面。小时候，这是菲利佩的座位。坐在这把椅子上，我突然发现了母亲家的变化。墙里的几十个钉子已经消失不见，那些钉子总让我想起从前挂在家里的画作。因为地震，母亲把它们都取了下来。那时，母亲说，没人知道不幸何时降临，伊克拉，把它们都拿下来，拜托。墙壁伤痕累累，我把墙上的钉孔视为这个家的完美地图。现在，墙上挂着陌生的风景画（灰色天空中，一只鸟在燃烧，山脚下，一片森林若隐若现）。

我母亲也时常出门，尽管她自己不愿承认。新出现的几幅装饰画和桌上枯萎的玫瑰都可以证明这一点（奇怪的花，外来的花，我不在时，母亲得到的玫瑰花）。她曾宣称自己不会再出门了。只有在家我才能安心。她边说，边把指甲旁的倒刺拔掉。她已经不再庆祝任何节日，也不邀请别人来陪她消磨时光。只有我会来看望她，一周三到四次，像例行公事一样，我要来安抚她，我要亲口跟她说：母亲，外面无事发生（尽管白云常新，过错常新，时光常新）。

母亲镇静地布置餐桌，摆放菜肴。一直以来，她的身体都对炎热免疫。她精心打扮过自己，她化了妆，白发勉强搭在锁骨上。无疑，有我们当她的专属观众，她很是享受。为了保持微笑，她的嘴唇几乎都在颤抖。那是一个奇怪的笑容，我试图破解其深意，但未能成功。她的微笑不是因为喜悦，也不是出于礼仪，不是真的，也不是装的。仿佛在她自己脸后，有另一张喜笑颜开的脸。仿佛是她年轻时的神情——孔苏埃洛的神情，而不是我母亲的神情——在此时显露出来。她的微笑不是为了接待帕洛玛，而是为了迎接英格丽德。

她坐在桌旁，把餐巾铺在膝盖上。她抱怨帕洛玛，说她已经耽误了太长时间。她的语气里满是指责之意。为确保帕洛玛理解无误，她一字一断，拆开每个音节。我母亲仿佛没有听见帕洛玛讲述自己的童年经历。她已经默认，一九八八年之后，帕洛玛没学过哪怕一句西班牙语。于是，她把每个词都过分拉长，直到那些语句都被打破揉碎，成为没有意义的音节：t—ai—太—ch—ang—长—sh—i—时—j—i—an—间。帕洛玛似乎对自己的西班牙语很是满意。实际上，她话语中唯一的蹩脚之处在于个别动词的使用，那些词太遥远模糊了。比如，她会说，她和她母亲决定不*回返*智利。她的西班牙语是正确的，但是很陈旧。或许这种说法在瑞典、柏林和加拿大的一些地方依旧能听到，可对我来说，它是空洞的，或者说，它被掏空了。

我母亲问起汉斯。为什么他没回智利来安葬英格丽德，你一个人在这里能干什么，为什么他不来帮你。帕洛玛和我母亲解释说，他们两个分开了，离婚之后，两个人断了联系，汉斯已经再婚了。听到这话，我母亲身体前倾，直截了当地问：那你们为什么不回来呢？（她想说的是，你们为什么没有*回返*呢？）帕洛玛没有回答。剩下的时间里，她没再说太多。她只是听我母亲说话，她听得认真，边听边吃洋蓟。她把洋蓟逐片拨开，检查一番之后，把洋蓟叶含进嘴里，小心吸吮灰色的果肉。最后吃剩的部分被她堆成一个完美的圆。我母亲则直接用手拿起洋蓟，贪婪地掰下每片蓟叶。她瞥见我盘子里完好无损的菜肴，边咀嚼边跟我说，你这样永远吃不完（吃饭，孩子，喝奶，把你面前盘子里的东西都给解决掉，外边有饥荒，他们多痛苦，那么痛苦，你怎么还郁闷上了，孩子，笑一个我看看，露牙笑，笑一个）。

帕洛玛往杯子里续满酒，我也给自己倒上红酒。我以为这样我们就可以逃离这里，和上次喝酒时一样。可是，母亲把我们困在餐厅。她讲起有关英格丽德和汉斯的事，讲起他们躲进大使馆寻求庇护的那一天。帕洛玛把杯子放到桌子上，她身体前倾，拼读出*庇护*一词。一种我从未见过的表情在她脸上浮现：那是一个人正痛苦地意识到，自己所知甚少。

我母亲趁机数落起帕洛玛，因为这起事件对英格丽德如此重要，而她却毫不知情。这是*关键*。她说。她让我用英语给帕洛玛解释什么是寻求庇护。你难道不给她翻译翻译吗，伊克拉？跟她好好解释解释这是什么意思，我们小帕洛玛的西班牙语没有那么好。她得知道这件事，这是*关键*。可是，对她来说，*关键*意味着这一件事，而对我来说，这个词意味着其他很多事：关节、要害、导向某个秘密的一条线索。而庇护所只是供老人们盯着墙上的风景画发呆的居所。帕洛玛的问题不是语言本身，而是她对词语的轻重毫无概念。因此，我没有回答。在我的沉默中，孔苏埃洛继续她的故事（因为是孔苏埃洛——而不是我母亲——在讲述那个时代，*她*的时代）。我不再听她说话，我想要逃避那些话语的重量。从小我便相信，一个人的生命不在于他活过多少年，而在于他有生之年能听到多少词，而每个人能听到的词语数量早已被事先预定（一些词语轻，比如滑翔机和蜻蜓；另一些词语重，比如岩洞、蟹足肿和裂痕）。我母亲的话一句话顶千百句，它们以最快的速度消耗我的生命。或许正因如此，我去学了另一种语言，我想为自己争取时间。

我去厨房找水，这样便不用听到故事从何而起。她一定会说到黑暗：那些最为漫长黑暗的日子（她的日子）。她走街串巷，等待，观察，明白。这是我母亲的动词：等待、观察、明白。小时候，我常常央求母亲给我讲述她的故事，我对故事的主角们已经十分熟悉，我求她透露更多细节，求她再多讲一遍。母亲不厌其烦，她总会用现在时把故事讲给我听，一遍又一遍。她望向远方，望向一切重新发生的地方（时至今日，我还能看到那面墙立在我眼前，她说）。我听到帕洛玛请求她从头讲起，不要跳过任何环节。他们是怎么认识的？她问。我反手关上了门。

冰箱上摆着电视，电视没关，开着静音。灰色文字穿过屏幕：*汽车炸弹袭击中东。道琼斯指数意外下跌。中部地区气温新高*。两瓶红酒摆在还未搅拌的智利沙拉旁边，沙拉是第二道菜的配菜。沙拉碗里，生洋葱片比西红柿要多得多。我的双眼开始感到刺痛。于是，我决定挑出洋葱，把它们扔进沸水，让这道菜不再熏眼。断断续续的话语和生硬的词句从门的另一端传进我的耳朵。

那时您几岁？帕洛玛的声音变得低沉，或者说，变得沧桑。母亲说起她和英格丽德的初次相见。那时，我们是那么年轻。我母亲说道。她不吝辞藻，细细勾画出那场大会的全部细节，那场激动人心的、革命的、*关键*的、影响深远的集会。她们的第一次见面便是在那里：在那张钉在墙上的完好无损的黑白照片里。木头相框漆得马马虎虎，四角已经浑浊发乌。照片里，一支队伍面朝主席台，正在全神贯注地聆听演说。队伍里有男有女，他们一动不动，注视着未被定格的一点：那是一根正在移动的手指，照片在这里失焦了。画面里的其余部分是完全静止的：成百上千的士兵侧影，混凝土墙壁上的标语，角落里枯萎的树。或许，帕洛玛会用她的老相机拍下这张照片。选景，聚焦，捕获老照片（其余的部分留给我，溢出的部分）。

水壶嘘了一下，随后发出尖锐的哨声，声音盖过餐厅里的谈话。我肩颈处的肌肉放松下来。我没有把茶壶从火上移开：嘘声震耳，它允许我在这一瞬间稍作停顿，什么都不去想。最终，我还是选择关火。那些不合时宜的话语重新灌进我的耳朵。

　　照片里，英格丽德出现在人群之后（用术语来说，那不是"人群"，而是政治派别，是群众，是阵线）。她的头发是浅色的，发尾摩擦着衬衫领子，衬衫看起来是白色的，当然也有可能是黄色或奶油色的。老照片没有色彩，只有亮白和暗白、深灰和浅灰以及大片黑色。她是唯一一个没有看向演讲者的人。菲利佩的父母看起来最遵守纪律，他们保持热忱专注，直到最后一刻——尽管我母亲拒绝提起他们，她不顾一切代价也要忽略他们的存在，仿佛这样就可以抹除他们的肉身，清除所有痛苦。英格丽德则面朝相反的方向，她看向相机。那是汉斯的方向，他在镜头之后，试图用相机捕捉那只不停摇摆的手，聚焦又失焦。我马上意识到，汉斯的相机就是帕洛玛的相机。远处，所有人的后方，一个人背倚着墙壁，黑框眼镜把他的脸分成了两部分。照片中，他还身体健全，他是鲁道夫（或者说，他是我爸爸，或者说，他是维克多，因为那时，他还是维克多，我的母亲还是克劳迪娅，而不是孔苏埃洛）。那个时代，只有这张照片幸存下来。只有在这张照片里，他才看起来像另外一个人。他的神情截然不同：他容光焕发，眼神平和而明亮。在这张命运般的照片里，我爸爸散发着前所未有的蓬勃朝气。同样是在这张照片里，他又处在濒死之际。多年以来，这张照片常常被瞻仰，在午饭时分，在晚饭时分，在我童年每一次进食过程中。这张照片是我母亲的挚爱。她爱这张照片，仿佛只有她能爱上这张照片。她爱得让我难过，她爱得让我崩溃。

我把水倒进罐子里，回到餐厅。母亲正讲到基层"细胞"（跟线粒体、细胞核和细胞膜没有关系）。他们预感到黑暗的日子正在到来（等待、观察、明白的不幸日子）。于是，他们成立了基层组织，准备战斗。接着，她说到组织转入地下的时期。我起身，离开餐厅，我的杯子里装满了酒，酒不是红酒，却无疑是红色的。

我在家中踱步，希望能遇到一扇开着的门，找到一个出口。红酒让我双腿发软，我再一次在走廊里穿梭游荡，摇摇摆摆。帕洛玛抛出有关基层组织的问题：组织里都有谁？孔苏埃洛，你在组织里负责哪个部分？最开始的几天里，有多少人倒下了？究竟发生了什么？我想知道细节。我要知道真相。

我走到客房。小时候，菲利佩在这里过夜。后来，爸爸也住过这个房间（与插管、注射器和敷料为伍的生病的爸爸）。我站在门前，转动门把，尽管我心存恐惧（一种我无法理解的恐惧，因为他已经死了，伊克拉，你爸爸已经死了，别幼稚了）。黑暗从门缝窜逃，刺鼻的酸味闯入我皮肤之下，击打我的另一张脸，正中面门。只有当我来到母亲家，这张脸才会出现。这股陈旧的气味至今尚存：疾病的气息，封闭的气息。它留下一阵甜香，暗示着一种还未到来的痛苦。

几个单词从餐厅传来，我听得一清二楚。母亲郑重严肃的语气足以让我推断出她说话的具体内容，就像我能够预料到地板会在我脚下嘎吱作响。母亲的记忆不抄不必要的近路（遵守纪律的记忆，恭敬顺从的记忆，军人的记忆）。她的回忆不以年份或季节为索引，也不像我的记忆，以某个颜色或某种触感为锚点。我母亲的记忆是一门有关与她相识的死者的地理学，它正在帕洛玛面前缓缓展开，邀请她尽情漫游。

我回到厨房，调高电视音量。电视上正在播气象节目：又是一个极端炎热天气。洋葱了无生气地漂在沸水上。我沥干洋葱，把它跟西红柿搅拌在一起。我回到餐桌旁，又醉又气。

孔苏埃洛讲到了大使馆的片段。彼时，所有人都决定离开，除了她。汉斯、英格丽德和鲁道夫（维克多，我是说维克多）已经制订好了逃离智利的计划。在她看来，这是懦夫所为（她想要战斗，她想要抵抗）。我坐下时，母亲用余光瞥了我一眼。你喝多了。她说。她的紫色嘴唇已经干裂。我不喜欢你喝这么多酒，伊克拉，坐这儿别动，好好听。你现在还不知道，将来，你会给你的孩子们讲述我的故事。你会讲我的故事。她强调道（而我清点出三个红酒杯、九片洋蓟叶和一个不存在的孩子）。

他们约定在德国大使馆的拐角碰面。一到中午十二点，他们就翻过围墙，一走了之。但是，帕洛玛知道，事情并未按计划发展，只有英格丽德和汉斯翻过了围墙。于是，她抬起眼睛（她那双空洞的眼睛，见识不足的眼睛，与孔苏埃洛对峙的眼睛）。不过，我母亲继续她的故事。士兵换岗的时候到了。一个空白。四分钟。他们研究过，计算过。鲁道夫（维克多，维克多，维克多）一定要准时到场。就这样。

电视声在广告曲中减弱，我远远听到一部侦探电视剧的宣传片。帕洛玛嘴唇发紫，她跟我一样，汗流不止。打蔫的洋葱堆在她和我母亲的盘子里，她们在吃什么和不吃什么上展现出出奇的一致性。她们的合谋让我更加孤独：我已经吃光了我盘子里的食物，可她们盘子里的东西还完好无损。后来，鲁道夫没有出现。士兵换岗十二点结束，没有时间可以浪费。英格丽德和汉斯坚持要走。他们说，我们三个翻过去，这是我们唯一的机会。但是，孔苏埃洛不能走。她不会抛下鲁道夫，独自翻过围墙。我母亲会留下来。孔苏埃洛选择抵抗。她上车，打火，加速。她把车开进水沟，她开车轧过灌木丛。在大使馆外墙和汽车保险杠之间只剩一厘米时，她踩下刹车。

我回到厨房，在那里，我听到了故事的结局（她的这套说辞已经过防腐处理）：车停在墙下，你父母先踩上发动机盖，帕洛玛，他们翻上车顶，爬到墙头，跳了下去。只有他们翻了过去。这一翻救了他们。我母亲说。时至今日，我还能看到那面墙立在我眼前（甚至连我都能看见）。

广告时段。密斯德拉皮斯科酒。母亲在此处停顿，故事被分成两段。一处空白。她急躁地重新开口：为了抵抗，我们留了下来。士兵换岗提前结束，街角出现了四位警察，他们开着一辆没有牌照的车赶来。可是，鲁道夫没能到场。鲁道夫凌晨被捕了，这件事我后来才查明白。孔苏埃洛说（我的母亲，孔苏埃洛，克劳迪娅，电视屏幕上的皮斯科酒）。我转入地下，他却失踪了很久。整整八个月，他音信全无，或者说，几乎音信全无。我们能知道他还活着，因为他的话语总能留下踪迹（以人为踪迹，有名有姓的人）。

我回到餐厅。不等入座，我便宣布我要走人。今天太漫长了。我解释道，心里盼着别再冒出更多问题。帕洛玛也站起身来，我注意到她眼睛发红。她顶着黑眼圈，看起来疲惫不堪。我收拾好自己的东西，母亲向我走来。她监视着我的一举一动，她问我难道不愿意在她家过夜吗。她说，走夜路可能很危险，她有预感，况且我还喝醉了。等待。观察。明白。每当我要离开母亲家，她总会抛出相同的警告：可能会发生事故，走路的时候要当心，不要相信任何人（任何人，伊克拉，永远不）。满大街都是疯子，当街扔石头，知道吗，伊克拉？他们爬上高架桥，朝你的挡风玻璃扔石头。有个人就这么死了。她的语气里夹杂着恐惧与愤怒（石头砸碎玻璃，话语震破耳朵）。活了这么长时间，经历了那么多事，这个人就这么死了。我应该注意身后，我应该到家之后马上给她打电话。甚至，当我还没开始爬楼梯（四十四级台阶，不多不少），当我还没来得及把钥匙插进锁眼里，我就会听到电话铃声在门的另一端响起。

我已经准备好要带着醉意上路。帕洛玛也承认她有些疲倦。我母亲跟她说没关系，她已经给她收拾好了一间客房（导管，注射器，敷料）。帕洛玛却在这一刻握住我的手。她果断地说她要跟我走，说我们在车上已经商量好了，今晚她会住在我家。带我一起走。她几乎是在哀求，我只能同意。我心想，她的西班牙语还是露出了破绽。尽管她学会了使用指小词，学会了在哪里停顿，学会了用比说德语更尖锐的声音来说西语，这句直白露骨的话还是暴露了她。无论如何，只有当一个人真正掌握一门语言，他才会知道如何做到婉转含蓄。

8

几个月的秩序和进步，多亏了我，因为我能找到规律，做出减法，因为即使在数学意义上，运算顺序不改变计算结果，但谁都知道，这是骗人的：死尸不仅仅意味着死尸，一定是出于什么原因，死尸们才从四十多岁开始，好几具四十多岁的死尸，我都记在小本上，但现在，倒数开始了：在金塔诺马尔发现一具没有生命体征的尸体，该名男子年龄大约在四十岁，三十九，三十八，三十七，像火箭发射前的倒数，三十六，三十五，他们离我越死越近，三十四，三十三，曾经，我以为倒数会随时停止，但是，这周的死者三十一岁，事态更加紧急：我该拿活死人怎么办？做加法还是做减法？等到归零了，我又该怎么办？我们能恢复生死平衡吗？还可能重新开始吗？算术不是完美的，没错，先生，不是找到尸体，做出减法就够了，首先，我们一定要弄清楚，我们该拿活死人怎么办，他们并非无关紧要，一定是出于什么原因，报纸才会坚持刊登这些*没有生命迹象的尸体*：在维库纳麦肯纳街和葡萄牙街交会处的车站旁，发现一具没有生命体征的尸体，该死者手指和脚趾健全，说得跟手指脚趾值得人们关心似的，开玩笑，虽然现在我觉得这不是小事，因为只有碎片是重要的，我们需要牙齿、指甲、头发、电子指纹，但只需要手指指纹，因为脚趾指纹没有任何用处，但谁知道呢，以防万一，我会把我的脚趾指纹存进电脑进行备案，没错，但这不重要，没有日报上刊登没有生命迹象的尸体那么重要，第一次可能是失误，但事到如今，这就是一则声明，这是在宣布，*有生命迹象的尸体*同样存在，所以，算术出错了：人们不知道是该减还是该加，不知道是该组装还是该拆卸，不知道是该埋葬还是该挖掘，在这片沃土上，连数学都无法运转！但是，我小时候可不知道这些，那时，我，一个小孩，独自发现了活死人的存在，我立马把这一重大发现告诉伊克拉，我跟她说，我看到她爸爸一丝不挂，人已经死透了：鲁道夫死过去了，我跟她说，因为有一枚小子弹还埋在他的身体里，或者两枚，一枚在心脏，一枚更靠后，碰巧，就在后背，我跟你发誓，我就是这么说的，因为伊克拉不相信我，她觉得我是出于嫉妒，她觉得我心眼坏，她觉得我想让全世界都没有爸爸，所以，她逼我对她起誓：我发誓，以我爸爸的名义，以我妈妈的名义，以电力的名义，以上帝的名义，以原子的名义，以圣洁至极的圣母的名义，以抹大拉的玛利亚的名义，以我收集的弹珠小球的名义，以我收集的世界杯双人球星卡的名义，宣誓完毕，但是，我也记不清，我是不是提到了所有上面的那些东西，因为那都是些不存在的东西，不过，活死人是确实存在的，我是这么发现的：鲁道夫在冲澡，而我想尿尿，于是，我直接闯了进去，下一秒，我就跑了出来，我胆战心惊，直接尿在了门上，因为活死人不是每天都能看见的，不是，但是，经此一遭，我也算是明白了为什么鲁道夫总是魂不守舍，就像我奶奶艾尔莎，她也心神飘忽，越飘越远，没错，我的小老太太一直神魂飘荡，直到她彻底飘走，她死了，我把她减去了，没错，先生，再减一个，我写在我的小本上，或者减半个，因为她早就上路了，她的一小部分早已消失，这是我老爹艾尔莎自己说的，我爸爸死后，她的一部分也死了，我可怜的小菲利佩，她说，他们还给我的，只有一份写着他名字的名单，这是真的，我看过那份名单，我看到了他的名字，我的姓氏，一组身份编号，还有他的年龄总和，三十岁，一个准备被减去的数字，但是，我没有减去他，因为我不能减去不存在的东西，见尸体减，见姓氏不减，可谁知道呢，或许我减过一次，但是想不起来了，我和我这差劲的记忆力，不像我奶奶艾尔莎，她的脑子跟百科全书似的，我们有义务记住，她说，那时，她总要去田野遛弯，我出去散散心，孩子，去去就回，她走得越来越远，远到周末得把我放在伊克拉那里，因为孔苏埃洛会把你们照顾得更好，这一切都不是我的错，我奶奶说，一个周末变成两个周末，三个周末，四个周末，整个夏天，她一直在外飘着，只回来过几个晚上，那几个晚上，我们两个单独在钦威翁小住，她会在睡前给我热牛奶，帮我撇开牛奶上的奶皮，我讨厌奶皮，因为我不喜欢分层的东西，不，我喜欢整全的东西，无需序言开场，也不用可疑的衔接，因此，她用勺子把奶皮盛走，像挑面条一样，她把奶皮裹在勺子上，然后吃掉它，没错，我觉得恶心，于是，我闭上眼睛不去看，不看它柔软黏稠的质地，但是，我从来不能闭上所有的眼睛，不能，我皮肤上的眼睛始终是睁开的，所以，我还是看到她把奶皮一口吞下，我的恶心藏都藏不住，这时，她会小声训斥我，让我别添臭毛病，她让我别瞎折腾，然后，她会问我她吃没吃药，我总是回答没有，没吃呢，小老爹，因为那是快乐药，快乐总比哀伤好，吃了吧，小老爹，吃它个两片三片四片，她站起身，在洗手池上的小罐里翻找，她掏出小药丸，她说它唯一的坏处就是让她长胖，但是，我的小老爹艾尔莎都瘦成十了，可是，她说到了长胖，这倒让我打起了母鸡们的主意，因为钦威翁的鸡肯定有问题，它们厌食，小可怜们，它们一个个在田地里干叫，不愿意吃玉米，也不想吃面包渣，我的小老爹也无计可施，因为夹在小瘦狗、忧郁鸡和怎么看都不是好孩子的我中间，她已经够郁闷了，必须单独跟我生活，这确实不是她的错，这都是吃里扒外的叛徒的错，挤都不用挤，什么都招了，但是伊克拉不知道我知道，我的嘴比死人都严实，问题在于，我设想，如果那些药丸能让她变胖，那么它也一定一定能给母鸡催肥，因此，一天清晨，我早早起床，毅然决然，我偷了几个小药丸，具体多少不知道，反正一大把，我用两个小勺把药丸碾成尘土一样的粉末，我们本是尘土，仍要归于尘土，我走到田间，呼唤母鸡：咯咯咯，咯咯咯，我不停叫着，直到把所有鸡都招呼过来，我把粉末撒在玉米芯之间，没错，估计它们还挺爱吃，因为它们走过来，兴奋好奇，它们吞掉全部粉末，幸福快乐，我洋洋得意，因为我聪慧过人，因为那些母鸡马上会长肉，变幸福，但是，事实并非如此，因为过了一会儿，这群可怜的母鸡就开始左摇右摆，像喝多了一样，小鸡崽们更不用说，它们口渴得要死，一个个黄色小喙埋进水里，鲸吸牛饮，我从窗户里探出头，等着它们变肥胖，变快乐，但很快，监视它们让我感到无趣，我便回到自己房间，玩起伊克拉送给我的几个芭比娃娃，尽管浑身是泥，但它们风采依旧，医生芭比，被泥土覆盖的游击队员芭比，这时，我听到我奶奶怒吼：菲利佩！我惊讶地起身，因为平常她连话都不说，叫嚷更是少见，于是，我跑到窗前，慌里慌张，她在那里等着我，几近抓狂，她盯着地上的母鸡，它们僵直发硬，这是死鸡，死透了的鸡，我就是这么想的，我百口莫辩，她问我怎么不说话，难不成舌头被耗子啃了，不是这样的，不是，因为老鼠们是我的好朋友，它们永远不会来啃我的舌头，那些鸡原本要变肥，变快乐，但现在，它们在地上，昏死过去，我心想，这一切也会发生在我的小老太太身上，那么我就会比独行侠①还孤单，因为说不定哪一天，她也会倒下，僵直发硬，这个想法让我害怕，我怕她突然翘辫子，那我就必须动身去寻找她，跟电视节目里寻找死尸一样，手握名单，神情悲伤，我们就这么站着，一声不吭，终于，她走了出去，她蹲在大公鸡马默杜克旁，小声说：它都硬了，你杀了它，她就是这么说的，一把刀

---

① Llanero，多部电视剧和电影的主人公，一位戴面具的德州骑警，活跃在美国西部时代，与印第安人汤头一同维护社会正义。

钉在我的胸口，黑色的、坚硬的、冰冷的刀刃，如同夜晚的想法，我坐在地上，我们两个一起为鸡守灵，倒在地上的鸡，僵直发硬，它们从来没有这么瘦过，小可怜，我们守了好一会儿，没有噪叫，突然，异乎寻常的事情发生了：起初，我以为自己出现了幻觉，然而，它们确实动了，先是抽搐，抽搐五六下之后，它们开始站立，我不知道它们有没有更肥胖，有没有更幸福，但是，它们确实还活着，或者说，既死又活，它们站起来，一个接着一个，仿佛刚从午睡中苏醒，我开心起来，可我的小老爹还没消气，她把我带上白色小货车，她告诉我，她受不了我了，小兔崽子，她说，她开了很久的车，中途没有停歇，她没有停下来给我买奥索尔诺的大叶草，没有给我买弗鲁蒂亚尔的番石榴果酱，也没有让我在拉哈瀑布下车尿尿，她一刻不停，把我送到伊克拉的住处，在那里，她跟孔苏埃洛说她需要休息，说在她亏欠她的所有东西里，这是最微不足道的一点，孔苏埃洛沉默了一阵，跟她说，那好吧，她让她放心回去，她说她答应过鲁道夫，说她跟吃里扒外的叛徒发过誓，发誓说如果我的小老太太出了什么事，她会好好照顾我，于是，我留在了圣地亚哥，不知道待了多长时间，直到我的小老爹回来找我，谢天谢地，再来时，她已经不生气了，但是，她佝偻着背，眼下乌黑，脸上写满了孤独和悲伤，她告诉我，那些母鸡正在咕咕叫呢，它们没长出脂肪，也不幸福快乐，她的情况却更糟糕，钦威翁的邻居们总提醒她，说你要是再这样消瘦下去，指不定哪天人就瘦没了，事情也确实是这样发生的，一天，没人发现，没有讣告，没有新闻，她一下就没了，整体和所有部分一起没了，没有阶段分层，没有事先警告，就这样，我的小老爹艾尔莎死了，干脆利落，就像我的牛奶：没有奶皮。

（　）

　　那晚有怪事发生。不是因为醉酒，不是因为帕洛玛，不是因为我家和母亲家之间的几个街区里热浪翻滚。那是灾难之前的躁动。爆裂之前的紧张。虽然我自己也不能确定。我不等待，不观察，不明白。我只想逃离要命的闷热，摆脱那些回荡在我脑海里的话语。我无法忘记我们离开之前母亲在我耳边说的话。好好休息。她轻拍着帕洛玛的背，刻意用疏远的问候回敬她。接着，她用手抚摸我的后颈，把我的脑袋按向她的脑袋。她抱住我（她粗糙龟裂的皮肤摩擦着我，她的皮肤越来越贴近她的骨头），用清亮的声音说，我希望你能明白，我做这些都是为了你，伊克拉。

　　空气灼烧着我，阻止我加快脚步，不让我痛痛快快到家。帕洛玛憔悴地拖着行李，仿佛她的小箱子重如泰山，仿佛她已经后悔没选择在我母亲家过夜。我反复回头，确认她在不在我身后。我和她前后间隔一米，保持安全距离，我终于鼓起勇气，向她询问她母亲的事。我想知道英格丽德是不是也死于注射器和敷料，我想知道化学药剂在她皮肤上留下了何种味道，我想知道她在弥留之际说了些什么，是用哪种语言说的（如果当时她确实说话了）。我听到行李箱的辘轳停止滚动。帕洛玛站住了。街对面，一个男人走出家门，他把一个巨型塑料车罩铺在地上，然后把罩子高高扬起，套在车上。还是得早做准备。他说着，整理好车罩边角。等待，观察，明白。帕洛玛落后几米，隔开这段距离，她才肯跟我说话。仿佛故事先于我而发生，所以她只能在我身后讲述。

她告诉我，自从汉斯离开，她和英格丽德就不再说德语。于是，从她母亲嘴里，从那些奇怪时间打来的通话里，帕洛玛学会了在说西班牙语时吞掉"s"，学会了她们口中的指小词（小帕洛玛，小姑娘，小可怜，小问题）。慢慢地，她也听到了其他词语，那些词语让她摸不着头脑，她也无法掌握。对于她母亲和我母亲而言（对于我们所有人的父母而言），那些词语意义不同：代号不是昵称，高层不是很高的楼层，行动不是一个动作，某一派也不是某种甜点（倒下、切断和交代也有其他意思，尽管帕洛玛并不知道)。

　　谈笑间，她讲述了其他故事。她说起她在伊斯坦布尔、奥斯陆和布拉格的旅行。帕洛玛给旅行杂志当摄影，她也不是什么都拍，她只拍美食。她给食物拍照，却从不品尝。她调弄餐盘，盘子里的肉被她摆得精致优雅。她给肉刷上一层油，这道菜便闪闪发亮（闪光的食物，食物模特，非食用的食物）。说到柏林时，帕洛玛的语调沉重起来。她提高步速，走到我身前。

　　从确诊到去世，中间只有六个月。收到妈妈的邮件时，帕洛玛正在意大利旅游。邮件标题是"他们发现了我"，邮件内容是："右胸口里的奇怪肿物。爱你，m。"她马上飞回柏林，一路上脑子里只有那封邮件。她把邮件内容背给我听。邮件是用小写字母写成的，"m"代表妈妈（我问她为什么是"m"，她说"m"代表妈妈，而我却以为这是英格丽德的代号，这个误解让我以更快的速度逃离母亲家）。

　　帕洛玛认为，把邮件标题写成"他们发现了我"很奇怪。帕洛玛说，打开邮件时，她有两个想法。一开始，她想的是某个远在智利的人发现了她，她的家人，她的朋友，某个条子，她的同志（某一派，某个高层，某个基层"细胞"）。无论是谁，一定是从智利而来，因为她始终觉得英格丽德在躲什么人。读完整封邮件，她想到了一串葡萄（她停下来，思考许久，最终也没能想起"串"这个量词，于是，我打断她，一串，我说，我在脑海里想象出她的乳房边缘长出一串石榴）。从一串葡萄到她的死亡：六个月。一次失败的切除（收割它，我想）和三个月的化疗（追击它，熏蒸它，毒害它）。英格丽德的去世不过是五天前的事，可我总觉得她的故事相当久远。那是一个"很久很久以前"的故事。

英格丽德咽气时，没有人陪在帕洛玛身旁。她坐在床边，目睹自己的母亲停止呼吸，目睹她的心脏停止跳动。就像一个停顿。她说（不是沉默的麻木，不是窒息的叫喊，是一个停顿）。一次简单的死亡。随后便是一连串电话：许多号码都已停机（帕洛玛拨出了另一个时代的号码）。在通讯录的最后，她找到一行蓝字，那是我母亲的名字和她的电话。于是，她确认了她母亲必须要葬在智利。在哪个墓地？我没话找话。帕洛玛不知道。为了把遗体带回智利，帕洛玛做了不少准备，但她还没能决定最终要把她葬在哪里。仿佛另一个停顿出现在死亡与安葬之间（或者说，仿佛是她预感到了我们的征途，我们奇异的游戏）。

那天，帕洛玛已经做好前往智利的准备。她即将启程去机场，几小时后，棺椁将要开始运输，一些细节她也与我母亲商量妥当。据帕洛玛说，就在这时，一种紧迫感将她裹挟，一股突如其来的冲动让她想清空所有行李，重新打包，她要把她母亲留下的所有碎片一起带走：她的衣服，她的每一本书，她的拖鞋，她的床单，她的抱枕，她要带上她每晚都会穿的坎肩（坎肩保持着之前的形状，它拒绝变形），她要拿上她的文件，她的毛巾，她入土时，也埋下她的电脑，她的化妆品，她的护肤霜，她下葬时，也别忘了她的镊子，她的专辑，她的棉布，她的画作，她的镜子，她的镜子里的每一个映像。帕洛玛感觉到，她应该收走母亲的一切。但最终，她只拿了一件带垫肩的褪色衬衫。她把其他东西都收进黑袋子，衣服缠成一团，或扔或捐。之后，她花了很长时间给植物浇水（妈妈死了，帕洛玛给盆栽浇水，给花园浇水，让整个公园都被水淹没）。

我推开大楼的玻璃门，给帕洛玛指了指楼梯（四十四级台阶，准确无误）。我们爬上楼，我开始在衣服兜里、包里和自己手里翻找钥匙。突然，我看到门缝里透出一束光。出门前，我关灯了。我十分确定。门虚掩着。放学回家看到一辆白色小货车停在街角时的感受在此刻复苏，我胆战心惊。就像小时候经过客房一样，我用指尖抵住木头门板，把门轻轻推开。我盼望看到菲利佩坐在地板上，指责我耽误太久，他会催我把门关好，然后我们一起进行异装游戏。我走进客房，不跟他问好，也不问他这次会留多长时间。我期待着他的安排，我把自己交给他的琐碎时间。我坐在他对面，这样我们便可以同时开口，指定对方要扮演的角色。我对他说：你是你爸爸。他对我说：你是菲利佩。他马上扯下所有衣物，外套，衬衫，鞋子，裤子，袜子。我也脱得精光，拿过他温热的外套和他的袜子，套在自己身上。他的袜子特别脏，散发出土壤和脚指甲缝里污泥的气味。他全身赤裸，两腿瘦削，双臂修长。他猛扑向床，一把拽下床单，把自己包得严严实实。他扮演他爸爸，在房间里飞翔，一团光把他包裹起来。我需要饰演菲利佩，我要缠着提问他，等待他虚假的回答，听他讲述他的月球之旅或地心之旅。我们会玩很长时间，直到我们自觉无趣（或者是我们觉得他们无聊），我们才会叫停。我们换回自己的衣服。铺好床。打开门。我们再一次坐在羊毛地毯上，互相看着彼此，眼中尽是游戏结束的悲伤。

我推开门，走进房间。菲利佩就在那里，赤脚坐在沙发上。他身体扭曲，试图用手够到自己的脚底板，他想拿笔在自己脚趾肚上画画（他周围都是脚趾印，墙上都是他弄的污点）。

一台失谐的收音机断断续续地发出嗡嗡声，为这间公寓平添一抹荒诞剧的气息。菲利佩抬起头，怀疑地看向我（那双看穿我的眼睛，揭穿我的眼睛）。会面之后，我们都有些不自然。他仿佛猜到了帕洛玛的来意，猜到了我的来意，猜到了英格丽德的死亡，仿佛剧情开始向他预设的结局迈进。不过，这不算什么，没有这么戏剧性。我自言自语道。我把包往沙发上一扔，陷入未消的醉意之中。菲利佩侧身躲开我的投掷，他窝在沙发里，打量着帕洛玛。他夸张地把眉毛挑到脑门上，滑稽可笑，像小孩玩的布偶，像一个小丑。她是？他露出自己雪白的牙齿。她是你的新相好，小浪蹄子？

　　帕洛玛假装没听到他说话，或许她也确实没听见。酒过留痕，帕洛玛也显出醉态，她双唇干涩，眼蒙困意。我希望今晚就到此为止。可帕洛玛丝毫没有要上床睡觉的意思。她走到收音机前，调出一个主打八十年代流行歌的电台，然后坐到菲利佩对面，环顾身边的一片狼藉（印着脚趾的纸张粘在墙上，杯子到处乱放，翻译错误留在我的电脑屏幕上）。公寓挺漂亮的。她说。辛迪·劳帕的歌声正在充当背景音。你刚搬进来？她盯着一侧贴有*词典*标签的纸箱问道（司法辞典，地理辞典，医学辞典）。我住进来有段时间了，这是实话，但是搬家一词并不准确。公寓是菲利佩用补偿款买的（赔偿款，赎罪钱，他笑着说）。我慢慢挪进来，把我的东西从母亲家带到这里。走人，但不离开。模棱两可。

帕洛玛对虚假的搬家故事不感兴趣。她对词典感兴趣，她拿起一本，翻看几眼，马上放回箱子里。她问我是不是在做翻译。差不多。我肯定道。我会接点活，挣点钱。我翻译外国广告，运气好的时候，还能赶上给周日午夜档的烂片翻翻次要台词。帕洛玛毫无兴致地应着，她正专注于点燃香烟。点好烟，她向我靠近，摘下忘在我脖子上的她的相机。她给公寓拍了几张照片，不过很快就把相机扔到桌上。她问我们有没有什么喝的。我已经累瘫了。她说。时差让她精神恍惚，但她仍然需要在睡前松快松快。孔苏埃洛一直这么咄咄逼人吗？她吐出一个白色烟圈，问道。帕洛玛需要放松，仿佛她也能听见回荡在我脑海里的那句话：我希望你能明白，我做这些都是为了你。

菲利佩说我们有皮斯科酒，他说她刚从恋旧之家出来，没有什么比一杯绝味小皮斯科酒更能舒缓心灵的了。帕洛玛踢掉鞋子，抱着腿缩在沙发里。我坐在她身边，尽可能贴近她。菲利佩连倒三杯皮斯科，跪坐在我们面前（连眉，眼睛瞪圆）。你二次发育了？他盯着我的胸问道。它们看着更大了，对吧？更尖了，没错，小锥子胸，小山包。他边说，边捏起自己的乳头。帕洛玛看向我的胸，我也瞥了一眼她的。她在白色上衣里穿了一件透视内衣，与我相比，她的胸部更大更圆，没有那么尖。我更想要你这样的，坚挺小胸，比洋妞那对好看。菲利佩说。帕洛玛点着头咯咯笑了两声，嘴里重复着小锥子胸，小锥子胸。她正尝试记忆新单词，不被我袒露的胸口干扰分毫。我让菲利佩别再瞎开玩笑。我开始转移话题，但这纯属多余。菲利佩开始谈论数学，喋喋不休，真实的数字和想象的数字，算术的重要性。他的独白给了我走神的机会，我不再听他关于死尸的魔怔言论：今天下午，他找到了一个尸体，十分凄惨。他说，这个尸体将改变一切。三十一岁，几乎跟我一边大，你在听吗，伊克拉？你不明白吗？帕洛玛看着他，或是心不在焉，或是漠不关心。她摆弄着相机，时不时发表几句对圣地亚哥的看法，偶尔也会回答菲利佩的问题。这时，她开始说另一种西班牙语，她旅行时学到的西班牙语。她无法区分旅途中捡来的西班牙语和来自她母亲的智利西班牙语。洋妞，我来问问你，长红头发的人叫什么？菲利佩向她提问。帕洛玛笨拙地回答：红头发。红毛。他纠正道。你从哪儿请来这么个标准的洋妞？帕洛玛笑着重复那些单词：玻璃球，豌豆，身陷泥潭。菲利佩纠正她。小弹珠，洋妞，这叫小弹珠，这叫罗汉豆，身陷泥潭叫脚崴粪坑。我们开始干杯，喝酒，莫名其妙地哈哈大笑。菲利佩荤话不断。他说这个洋妞跟海绵宝宝一模一样，首先，她毛发金黄，其次，她就像个小海绵，很会吸。我笑着把菲利佩的话翻译给她听，把智利西班牙语翻译成中性西班牙语，把过时西班牙语翻译成当代西班牙语。帕洛玛话中的破绽吸引了我的全部注意力，而她深信自己的西班牙语无懈可击。她大口咽下皮斯科酒，难掩焦虑。她的双眼暴露了她的疲倦和醉意。我们就这样待了很长时间，谈天说地，直到菲利佩问及帕洛玛妈妈的死因。癌症？他问她。这是时髦死法。他等着帕洛玛做出反应，但她没什么反应。

帕洛玛倚着椅背，把嘴撇向一边。我认得这个动作：这是她在咬自己的腮帮子，口腔内侧的光滑肌肤，外人看不到的地方。她不停咀嚼这块皮肤，直到它开始凸起，不再平整，直到令人不安的光滑消失，温热的舌钉绘制出崭新的地图，镀银的金属球滚过新生的表皮。小动作，我也有。在创建物品清单时，我偶尔也会这样，因为我想让自己从所处的场景里抽离。这招是菲利佩传授于我的。小时候，他不想思考任何悲伤的事情：数数，把事物和完美无瑕的数字关联起来。物体变成数字，数字填满大脑里每一处空白。这样一来，悲伤的想法无处可藏，我们只知道数字，不再有其他。所以，悲伤无家可归了。菲利佩把他的理论讲给我听，一副自作聪明的神情（缺席的神情，悲伤的神情，虚无的神情）。

我想替菲利佩赔不是，但他的话并非毫无道理。我母亲总是会打电话告诉我，她的某个同志确诊了。她的原话是：他们被确诊了。仿佛世界上只有一种能被确诊的疾病：骨细胞攻击胰腺，入侵肺部和淋巴，使子宫、前列腺和喉头僵硬。活了这么长时间，经历了那么多事，到头来，都是错误的细胞，混乱的细胞。

咱们都带癌细胞。菲利佩说，马上就轮到咱们。他从地板上站起来，绕着公寓走来走去。他边走，边审视起帕洛玛，试图收集一些重要线索。所以说，她死在柏林，但是你现在告诉我，你们要把她葬在这里，葬在圣地亚哥？他的脚步打乱了《一次又一次》的节奏。俗气的音乐，菲利佩的喘息，点着数的手指，扭曲的脸。帕洛玛表示肯定。当然了，当然要把她葬在圣地亚哥，但是，为了把她葬在这里，我得先带她的遗骸旅行。她说的是"旅行"。我明白这个词不是她的本意，这是她的口误，她需要一个更准确的表达。我知道她需要哪个词，我做好了随时打断她的准备。

归乡。我纠正道。因为我意识到，如果她想不起来这句话该怎么说，这段对话就无法继续进行。她如释重负，心怀感激地重复起这个词组。带她归乡，没错。我陷入沉思：莫非，活着的人可以*回返*，而只有故去的人，才能归乡。菲利佩不敢相信。怕什么来什么。他用手捂住脸，叹了口气。我们继续喝酒，他的叹息被我抛在脑后。

菲利佩继续踱步，他嘴里念念叨叨，不停地在小本上做记录。终于，他宣布他要离开这里。他向来随心所欲，去哪儿都不打招呼。可我有义务知道他去过哪儿，去干什么，去多长时间。不过，帕洛玛拖住了他。或许，拖住他的不是帕洛玛本身，而是她的眼睛。因为她什么都没有做，她只是看着我们，吸烟。她把烟夹在指间，问道：来一根吗，伊克拉？她抽了一口，把烟深深吸进肺里（或许想起了过去，或许没有）。片刻沉默之后，菲利佩抛出了他真正的疑问。洋妞。他说着，朝门口走去。他手扶在门把上，半个身子探出公寓之外。为什么不把她烧了呢？

我惊愕地看向他。我确信帕洛玛会为此大怒。我飞快地纠正他，我不想让这个"烧"字伤害帕洛玛。

那叫火化，菲利佩。

但帕洛玛并没有翻脸。菲利佩推开大门，没人知道他要去哪儿。他停在门边，转过身，面对我。他微笑着耸耸肩，干笑两声之后冲我挤了下眼睛，说：哈，Tomate，番茄，西红柿。

7

　　五十小步是一个街区，但街区不会重复，我的脚步才
会重复：两步、四步、六步，循环往复，炎热，云朵，我
漫长的闲游醉步，从伊拉拉萨瓦尔到皮奥诺诺桥，我的出
发没有目的，我只是在街上走，我确认天上没有星星，空
中只有白云和热气在飘浮，我自己则任由高温和皮斯科摆
布，我快步走到桥边，或者，是皮奥诺诺桥携其死尸来与
我相见，尽管今天只带来了一个，一个三十一岁的死尸，
这意味着，现在轮到我了，计算必须得出结果，因为加时
赛马上到来，看看报纸就能明白了，今天娱乐版头条的标
题是破土，标题就这么写的，该日报宣布，聂鲁达要被破
土开坟，要不是大楼拐角的报摊摊主通知我，我都不知道
这件事，他和我打招呼，跟我说：看看是谁从死人堆里爬
出来了，我转过身，准备找出活死人，可这不过是堂何塞

的玩笑话，因为我很久没有拜访他，因为我忙着清理，忙着补救，忙着做减法，但堂何塞还是把一手消息留给了我：挖人有瘾，是不是？我僵在原地，我的所有眼睛都看向他，不挖掘，不放弃！我和堂何塞就是这么说的，但他固执己见，他告诉我，他们要整理啥啥啥，啥啥啥，我惊呼道，挖坟掘墓！他说，对喽，小菲利佩，挖堂内夫塔利·雷耶斯①的坟，掘聂鲁达的墓，你品味品味，我不想品味，但是，我买下这份报纸，阅读这份报纸：他们正在往外挖死人，混蛋玩意儿！过分了吧？我们有既死又活的，我们有死而无尸的，现在又来这出，那死亡人数和坟墓数量怎么才能对齐？骸骨和人名怎么才能一一对应？怎么可能有人只出生，不死亡？这片沃土上，连死亡都是无政府主义！这里需要一位数学奇才，需要懂得末日算术的数字思维，因为这样的事情不能再发生了，一个人死了，真正意义上的葬礼举行了，象征意义上的葬礼也举行了，坟迁了，墓挪了，然后呢，再把人挖出来？不能这样！必须得喘口气了，对，深吸一口气，想想寒冷的东西，就这样，排出那些黑暗的想法，黑暗的想法像石油，像污泥，像马波乔河水，因为河流处于黑夜之中，皮奥诺诺桥

① 巴勃罗·聂鲁达原名。

73

也处于黑夜之中，法学院的表转到两点二十二，换换电池吧！狗日的混蛋，这表就没走过，但谁知道呢，没准不走的是我，分针不是问题所在，因为一切都太黑了，我被迫用皮肤感知一切，现在，我皮肤上汗毛倒竖，因为有人来了，一对瞳孔，纯黑，因为我的味觉处于黑夜之中，我的眼睑处于黑暗之中，河底也处于黑暗之中，于是，我聆听，小心翼翼，我毫不怀疑，一个声音撕开它的喉咙，对我说：有烟吗，小混蛋？我恐惧，我后退，因为那只是一个声音，因为深夜之中，躯体潜形匿迹，尽管害怕，我还是告诉他我有，但是，我没有用声音回答他，我只是点点头，于是，我从兜里掏出烟，向东看去，我确认山脉是看不见的，他人的躯体也是看不见的，看不见，能看见的只有几团低矮的白云，水泥云，大理石云，骨云，我把诡异的想法从云端收回，把烟递给他，他问我这是不是最后一根，我回答说是，但是无所谓，我说，你抽吧，我把手伸出去，我感受到他的手指，这时，我确定，这个声音拥有一副身体，或者说，这个声音拥有一双手，瘦骨嶙峋的、修长的、冰冷的手，我把打火机凑到他嘴边，点火，一个新的面容诞生了：他的脸庞闪闪发光，他眼线精致，双眼乌黑深邃，仿佛眼中有羽毛熊熊燃烧，狼一样的小鼻子，唰！黑夜重新覆盖他的脸，那个人向我道谢，只有他的声音在空中飘浮，孤零零的，好在他还在吸烟，接着，他把烟传给我，我把烟含在唇间，我感到滤嘴扁平潮湿，但是，我无所谓，我照样抽，他开始说话，或者说，他的嘴巴开始说话，他说，礼拜日行情不好，他就是这么说的，行情不好，但我照样出来了，我问他是不是因为伤心才出门，因为他用来跟我说话的声音脆弱而哀伤，他问了我一个问题，我没听，我没听见，因为我分心了，因为马波乔河总让我分心，它给我催眠，把我带到远方，它带我去看小河岸，去看鼓，去看一锅垃圾在燃烧中坠入河底，我想，我周围应该还有其他小混蛋，在这个并不存在的码头，骷髅们正在岸边起舞：死尸找到死尸，死尸始终在漂浮，更何况，在河里，现在已经不是礼拜天了，因为两点二十二分说明这是礼拜一，废物钟表！随着我的尖叫，一股寒流抽打在我的骨头上，我系上衬衫扣，我问自己，是不是夜晚的想法冰冻了我的肋骨，我正在琢磨这件事，那个男的又跟我搭话，他摸我，他跟我说我的胸部很好看，你脱毛了，小混蛋？我摇头否认，没有说话，我不想听到我的声音，我的声音让我心烦，不，我再也不想听到我的声音了，于是，我没有回答，那个男的说，他把毛全脱了，小小软软更美味，他就是这么跟我说的，小小软软更美味，小混蛋，我看向他，我看不见他，因为夜晚已

经到来，他递给我一根大麻，为什么不呢，我说，我就是
这么说的，尽管我没有出声，因为当我的声音隐藏起来，
我就只能点头附和，当我的皮肤泛红，我的内部也同样变
红，那个男的用火点燃大麻，火也发红，我看到一枚眉环
出现在他左眉边，看到他的头发紧贴头皮，紧接着，黑暗
重新把他吞噬，没错，我本应想象出他的脸，但我想象不
出任何一张脸，因为他把烟头递给我，跟我说，嘬一小
口，他的手指揉我的嘴唇，直到这时，我的双唇才终于浮
现，他跟我说，真漂亮，小混蛋，你的嘴唇真软乎，他贴
在我耳边，气息温热，我吸了一口，我缓慢有力地吸，我
深深地吸，我吸到感觉疼痛，我把烟雾从嘴里吐出，我想
到烟，我想到云，我想到失明，我想，今天的云真怪，它
们太低了，没错，但是那个男的跟我说话，我的思路被打
断了，他的声音跟我说：我想亲你，他就是这么说的，我
没有回应，他笑了，河岸边，火光若隐若现，他的声音忽
近忽远，皮奥诺诺桥不再摇晃震动，它架在那里，瘫在河
上，我想制造噪声，爆炸，踩叶子，用手指肚碾碎蛋壳，
我跟他说话，因为我别无选择，因为沉默让我窒息，我鼓
起勇气，我问他有关死尸的事情，问他认不认识他们，问
他看没看见过他们，回答我之前，那个男的盯着我，他先
审视我，然后告诉我：我不知道我的死尸跟你的死尸是不

是一回事，小混蛋，然后这傻哥们儿转移了话题，他说我的胸部光滑，说我的嘴唇小小软软，但我无所谓，无所谓，因为我想聊死尸，不想聊柔软的、表面的东西，所以，我问他见没见过，他说他只看见过一次，一天，我看见一个男人，他坐在那里，坐在栏杆上，他说，然后他摔下去了，唰！他就掉在这儿，我问他他做了什么，他说他什么都没做，我继续追问，我问他作何感受，问他会不会难受，那个男的说，为什么难过？我从他的语气里判断，他一定抱起了胳膊，因为声音指挥身体，这所有人都知道，身体乖顺服从，这时，我明白他是对的，如果错不在他，为什么他要有负罪感，他的手指又回到我的嘴唇上，滤嘴扁平潮湿，我又吸了一口，用力地吸了一口，那个男的也抽了一口，我们一起咳嗽，皮奥诺诺桥颤抖起来，我想，桥颤抖，是因为栏杆上站了一只海鸥，海鸥凝视河底，河底安安静静，马波乔河保持沉默，没有声音，河也消失了，那个男的说，在晚上看见海鸥很奇怪，我说，在这里看见海鸥更奇怪，他问，为什么，小混蛋？我跟他说，圣地亚哥没有海，没有海岸，他说，这不奇怪，谁都会犯糊涂，他就是这么说的，谁都会犯糊涂，小混蛋，然后，他靠近我，没错，我感觉到他的鼻息贴着我的嘴，你没有犯糊涂的时候吗？我没有回答，海鸥一动不动，他口气发酸，味道持久，他提出另外一个问题，你想让我嚼你吗，小混蛋？我不知道，但是我跟他说不，因为我不知道的时候，我就会说不，这样一来，我就永远都知道，他笑了，他问我是不是害怕，你喜欢这个，并不代表你就是基佬，小漂亮，尽管我确实是个疯丫头，是妓女，是个随便的母马，他笑得更大声，他靠近我，他的手握在我腿间，手劲吓我一跳，干瘦的手，骨节分明的手，那只手钻进我的内裤，我感觉到他把我那玩意儿从裤子里拽出来，没错，他把它拽出来，拍了拍，我立马就硬了，我抓住栏杆，我让自己去想冰冷的东西，比如冰，比如河，比如金属，那只手持续运动，我的裤子慢慢往下掉，从膝盖滑了下去，我口干舌燥，我眼睛干涩，这里河水干枯，他手上的火苗熄灭了，遗骸掉进马波乔河，我看到了，在下面，残骸在消散，我还看到他的双脚，赤裸的双脚，淌血的双脚，但是，我不知道，因为那双手飞快地运动着，触碰着我，我不知道有没有玻璃埋进他的皮肤，我不知道那是脚还是爪子，我不知道那是指甲还是蹄子，一匹母马，蹄子淌血，没错，那只手还在继续，啊，我不知道，我不知道河水深处有什么，我不知道为什么那只手在移动，潮湿的手，快速地移动，我犯糊涂了，我想我看到一片阴影夹在云层之间：一群飞鸟，聚合，散开，像一个捶击天空的拳头，没错，击打，击打，没错，别停，啊，那只手快速移动，一刻不停，啊，那只手仍在继续，爽，没错，我去了，我断篇了，夜空炸裂，天空一片一片坠落，落到我身上，撞在我的肩膀，我的胸腔，我的双手，我抬起胳膊，我看向自己的手，是雪，但不是雪，因为雪是白的，雪是冷的，雪是会融化的，它没有融化，没有，从天而降的是另一种东西，是灰烬，是灰烬，还是他妈的灰烬，再一次，灰烬从天空掉落。

（但，没有任何东西燃烧。没有任何东西崩溃。没有任何东西焚毁。）

（　）

我终于从床上爬了起来。昨夜的影像混乱地重叠在我的脑海：菲利佩关上门，帕洛玛和我说她醉了，想睡觉了。她把胸口靠在我卧室的窗户上，惊讶地说：外面好像下雪了，伊克拉，快过来，过来看。不可能。我嘟囔道。我裹上被单，被困意和酒精拖拽，酣然入梦。

我缓缓穿上衣服，半梦半醒地走进客厅。我有预感，窗外的城市已经悄然改变。灰烬下落之前，统治圣地亚哥的是炎热，是汗水，是潮气，它们附着在一切物体的表面，比如床单、衣服和座椅。热气侵入医院和垃圾填埋场，空气中弥漫着臭气，因为所有物品都熔化在一起，所有人都熔化在一起。但此时此刻，公寓里的空气却是干燥的。这里变成一片沙漠。沙漠里，每个事物都是孤立的。

菲利佩躺在沙发上休息。他皮肤苍白，眼下挂着一对黑眼圈，新修的胡子冒出胡楂。他看起来不修边幅，饱经沧桑。他闭上眼睛听歌，跟随着鼓点摇头晃脑，鼓声从他的耳机里传出。我总觉得他脸上的皮肤异常薄嫩，很像我的母亲：纹理，肌肉，流向骨骼的血液。他们出奇地相似。

我无意打断他，于是转身走进卫生间，打算接点水来喝。我拧开洗手池的水龙头，脚下瓷砖冰凉。宿醉带来的不适感直冲脑门，我嘴里一股苦味。我想和另一边的菲利佩说话。隔着关上的门，盖过他耳边剧烈的鼓声，我向他询问帕洛玛的去向：她去哪儿了？刚才她叫我起床，这我有印象，但现在她人不见了，她什么时候走的？这天气又怎么了？一注细小的水流经过我的掌心，吸引住我的注意。这捧水模糊了我的掌纹。浑浊的水。灰色的水。我闭上双眼。为了让我在卫生间也能听到他的回答，菲利佩努力提高音量，他声音沙哑。我把水砸在脸上，水冰凉。

出事了呗。他说。凌晨时分，电话响起，大预言家来猜一猜，是谁打来的？你在听我说话吗，伊克拉？猜猜是谁，兴高采烈地来了个小电话？想必我的母亲已经审问过菲利佩，就像我们小时候一样，她从不给他回答的机会。还有一个大好消息，小伊，你来猜猜看。英格丽德没来：她死了，已经去狂欢了。

我走出卫生间，站在沙发前。菲利佩在玩耳机线，一根黑线从食指指根缠到指尖。孔苏埃洛一大早就来电话了（他说的是"孔苏埃洛"，不是"你妈妈"：孔苏埃洛拿起听筒，她从另一个时代拨出我的号码，她从过去拨通我的电话）。她特别激动，我都觉得她疯了，所以我也没看时间，直接叫醒了帕洛玛，我通知她，死尸没来，现在，她得去领事馆里醒酒了（耳机线扼住它的猎物）。她进不了智利。他说。与世隔绝。孤立无援。画地为牢。脚崴粪坑。你睡得半死，四脚朝天，我怎么摇你都没用。但是，这也无所谓，说到底，这是洋妞的错，不是你的错。他说着，把窒息的手指从耳机线里解放出来。谁让她把死人放棺材里带回来呢，更何况还不跟她坐同一架飞机。

剧烈的头痛，几股电流击穿我的头颅。与此同时，电话响了起来。电话是我母亲打来的，或者说，电话是孔苏埃洛打来的，谁知道呢。我必须接起电话，走过八个半街区，买几份日报，给她带去食物。我应该径直前往她家，不走任何岔路，我应该穿过前院，我不去听她，却听见她，我不去看她，却看见她（因为她的目光让人无法承受，我只会清点墙上的钉子）。我应该听她说话：小心点，把门关好，别着凉，太冷了，你很虚弱，伊克拉。我应该附和她，原路退回，重新开始。毕竟，她做这些，都是为了我，无论这些到底指什么。

但是，电话无人应答。我无力接听她的电话（我清点出有三个脏杯子放在客厅，没有一丝太阳光照进窗户）。我走进厨房，打开洗碗池的水龙头，吞下两片橱柜里的阿司匹林。我把水龙头拧到最冷，再拧到最热，可水流依然浑浊，水量保持微小。泥沙堵住了管道，无法疏通。刚好接满一杯水，试喝一口就足够：都是水垢和泥灰。我把杯子再次放到水龙头下，静静等待。尝了两口，我选择屈服：此水不可饮用。我想在冰箱里随便找点喝的，剩果汁，剩牛奶，什么都行，但偏偏一滴液体都没有。我穿上鞋，套上衣服，离开公寓。

踏上走廊，我发现地砖上我的影子模糊不清。我走下四层楼，试图说服自己，说或许这只是因为阴天，或许这只是因为现在已是傍晚，仅此而已。不过，当我走出大楼，当我的双脚陷入人行道，当有重量飘落在我的肩膀，我的自我安慰不攻自破。

外面有灰烬落下。再一次，圣地亚哥被染成灰色。

我的脚被埋在灰尘之下，我一动不动地站在原地，注视着、观察着从天而降的灰烬。灰烬把人行道染成灰色，把智利－西班牙街街角的报刊亭染成灰色，它盖住橄榄摊旁的小桌子，摊主正在计算该给客人找回多少零钱。细小的颗粒沉积在车顶，粘在后视镜上，糊住风挡玻璃，裹住行人的头发。人们还在悠闲漫步，他们的头顶已然一团糨糊。

我决定步行穿越几个街区，因为我需要这么做：散散步，散散心。灰烬聚成一层厚重的地毯，吞噬所有声响，这份沉默让我头痛欲裂。我继续往前走，坚信再过几分钟，我便能够适应，坚信再走三个四个街区，我就会渐入佳境。果然，不经意间，我已经自如很多。圣地亚哥适合黑白色。这座城市找回了自我：冷漠的面容，四脚朝天地倒在灰尘里的狗。我母亲会感到开心，因为这段日子里，我和她只会看到相同的窗外风景。至于菲利佩，一旦他下定决心离家，他一定会重复相同的话：在这种光线里，所有公鸡都会犯糊涂，它们会跟个破锣似的，一天到晚叫个没完。

一辆向西开的小公交在伊拉拉萨瓦尔站停车。它停在我面前，我毫不犹豫地跳上车。司机打了个手势，让我别堵在门口，我有点不好意思。车后排还有一个空座，我坐了过去。邻座的女人正全神贯注地看报纸。我需要越过她，坐进靠窗的位置，而她甚至不愿意挪动膝盖。玻璃的另一侧，一个男人在扫地，灰烬随着扫把的运动沿地面散去。一位老妇人在出售蚕豆拌洋葱，她固执地用手背清理摆放食物的桌子。

我跟着旁边的女人在圣路济亚山下车。不过，走出几步，她便消失在我的视线里。她的脚印和其他人的脚印混在一起。人们的脚印指向不同的方向，成百上千个相同的脚印踩在我的脚印上，一步压一步，直到所有脚印都变成同一个脚印。街道没有留白，人行道上的每一寸都曾被人们踩在脚下，脚印被抹去，人们便再次走过。我环顾四周，寻找她的脸。我回到原点，一无所获。

我走向报刊亭，强迫自己跟摊主买一瓶水，顺便打听一下德国领事馆在哪儿（灰茫茫之中的灰色声音，冷静的征兆）。摊主没有立刻回答。*大火将比奥比奥警察局夷为平地*。*议员经济待遇提高*。*解放者杯比赛平手*。只有在最新的晚报上，标题用红色铅字印着：*再一次*。标题下的照片占了半个版面，照片内容是被灰烬覆盖的意大利广场。它可以是另一个时代的圣地亚哥，它可以是一张钉在墙上的照片。可这是我的城市今早的样子。再一次。

摊主递给我一瓶温水，说领事馆办公楼就在几个街区之外。他没给我什么好脸，毕竟我的出现打断了他：他正在跟一群人讨论科布雷罗阿队会不会降级，大家争得面红耳赤。那瓶水我一饮而尽。但我还是渴。人们不慌不忙地走在街上，或是去上班，或是去办手续。我向北走，让自己适应身边的节奏，我混入周围的人群之中，和余下的人们融合在一起。我想我或许会遇见帕洛玛，她会抬头盯着天空，寻找悬在云间的一具棺木。

我根本不用走进领事馆办公楼。帕洛玛就站在楼外跟菲利佩聊天。她的双脚也嵌在灰里，周围没有一个脚印（脚印本身不会留下脚印）。她把重心从一条腿换到另一条腿，这无疑是等候者的身份标识。但她没有马上跟我说话，而是凝视着她面前的那堵墙（时至今日，我还能看到那面墙立在我眼前）。你都白了。她对我说。几个咄咄逼人的德语词潜伏在她的西班牙语里。她的紧张渗入了她的言语，她的不安如鲠在喉，她的牙齿无情地咬着她的指甲。菲利佩复刻了她的小动作：他把手扭成一个难受的角度，用牙齿啃着小指指甲旁的角质层（复制一个动作，记住它，重复它）。她脸色苍白，甚至面透铅色。我更倾向于向菲利佩发问。

你怎么到得这么快？我没话找话。我想伸手拍他一下，他闪身躲开了。你不是在家听歌呢吗？菲利佩微微一笑，挑起眉毛。他没有看向我，而是和帕洛玛对上眼神：那你呢？你不是给你家老太太浇花园呢吗？他回复道（电话铃声越来越响）。

我想转身就走，继续我的日常生活。我大可若无其事地说声抱歉，回去和母亲一起晚餐。但帕洛玛从兜里取出一根香烟。她呼出一口白雾，白雾把我们分割开来，两人各站一边。她说，灰烬像冰雹，但不是水做的。她近乎冷漠的反应让我茫然失措，我甚至以为她知道这次的灰烬不是头一遭。我相信，她在学西班牙语时，也学到了其他东西，比如每过一段时间，圣地亚哥就会上演一次黑白色灾难片。又或许，她根本没注意到这场灰烬。无论如何，与圣地亚哥被埋相比，母亲棺椁失踪要严重太多。

我们离开办公楼，沿着灰色坡路行走，不知道何去何从。帕洛玛和菲利佩开始争执，他们商量晚上去哪儿度过，讨论哪条路最方便。他们打打闹闹，相谈甚欢。他们一见如故。他们一起分析要不要填表，有没有必要把规定流程走完。领事馆工作人员给帕洛玛的解释是，她必须要走完某套流程，通过某个渠道。她需要填写登记卡，然后才能开启归乡流程。这次是陆路归乡：横死之尸自愿归乡（意外身亡，我纠正她：是尸骨，遗体，遗骸，遗骨，死者，英格丽德）。工作人员跟她说，这不是领事馆的问题，不是大使馆的问题，不是涉外警察局的问题，不是气象的问题，也不是国家的问题。这是个无主的问题。这只不过是飞机没能赶在灰烬落下之前落地。她就是这么跟帕洛玛说的。她妈妈被转移到阿根廷了。她妈妈被遗落在门多萨的某个遥远角落。

6

灰烬？又来？烦人！尽管我确信，城市肮脏不堪，死尸趁机滋生，这一天，残骸遍地，当然了，比如那个死了的流亡女人，那个逃到门多萨的女人，我该拿她怎么办呢？集中精力，完成减法，就是这样，疯狂的灰烬风暴不足以让我抛弃我的使命，我要弄明白，为什么出生的人和下葬的人对应不上，为什么明明有墓穴空荡无主，而荒郊野岭却尸横遍野，我走在阿拉米达街，脑子里想的就是这些，我看着沉默的人群，因为灰色粉末，所有人都飘飘欲仙，谁知道呢，或许，到头来，这还是好东西，或许，我只要吸点粉，就不会再想这些蠢事了，就一点，一点小粉末害不了谁，手心里一道小白线，我吸上一点，没错，享受极了，难怪每个人都行尸走肉一般，他们脑子都不带转的，比如那个洋妞，她连个招呼都不跟我打，就开始结结巴巴地说什么门多萨，就跟这里死尸匮乏似的，现在得开始进口死尸了！一团糟，她妈没准已经被统计到死亡人口里了，谁知道呢，我要减她吗，还是说她已经被减过了，如果是这样的话，结果就会出负数，我要怎么才能归零？再杀点人？把她从土里挖出来？那些归国的遗体又该怎么办？我从没想过能有这么多问题，算术不是完美的，这我知道，所以我数学很差，例题里总是有苹果、梨和被关起来的猫，老师，我们要减掉尸体！看看这一团乱麻怎么处理！但是，洋妞不关心我的问题，所以，她看向我，她的眼睛锁定了我，她那双淡蓝色小眼睛，在圣地亚哥找不出第二双，她的瞳孔在问：门多萨有多远？一开始我没明白，但随后，我看到了她眼中的力量，她仿佛是为了目睹美好事物而生的，在她面前，一切丑恶的东西全数消失，所以，我觉得我也会消失，因为我跟阿多尼斯①实在没什么关系，但是，她看着我，我明白她想去门多萨，因为她妈想被埋在圣地亚哥，她就是这么说的，呸，别人想埋在哪儿，跟我有什么关系？在这一点上，我妈就考虑周全，她都不需要葬礼，突然一下，她就死了：死于悲癌，拜拜，我没能减去她，因为我还太小，我也没能看到悲伤如

---

① 阿多尼斯，希腊神话中掌管植物生死的神，以俊美的长相而闻名。

何入侵她身体，悲伤晃动翅膀，我妈骑着它就走了，她死的时候，大家都是这么说的，可是，这个洋妞今天就想翻山越岭，今天！跋山涉水去找一个死尸，这双眼睛是怎么想的呢？穿越山脉，不去看郁金香，不去看棉花糖，而是去看这些灰烬，无论如何，轻浮之人只能看到轻浮之物，帕洛玛轻于爆米花，她爸妈给她取名叫帕洛玛①，不是没有原因的，毕竟，她没准差点就叫维多利亚②，叫利贝尔塔③，叫弗拉特尼达④，小弗拉，自由创作！不像我，我只能继承姓名，姓名就跟笑话一样，重复多了就没劲了，但是，如果想想其他名字，比如弗拉基米尔，比如埃内斯托，比如菲德雷斯，那菲利佩也还不赖，问题在于，这洋妞浮于事物之上，就像现在，她走在灰蒙蒙的市中心，悲伤重新把她覆盖，没错，就像那些抵抗灰烬的鸽子、秃鹫和翠鸟，我正想着这个，那个德国女的突然亢奋起来，她的眉间钉着她的决心，她要去找那个死人，就这样！伊克拉也得同意！就这么定了！反正，一个人死了，却不见尸首，那么我必须出手，一趟旅行也害不了谁，好吧，洋妞！

---

① 原文为"Paloma"，有"鸽子"之意；"paloma"的指小形式"palomita"则有爆米花之意。

② 原文为"Victoria"，有"胜利"之意。

③ 原文为"Libertad"，有"自由"之意。

④ 原文为"Fraternidad"，有"友爱、博爱"之意。

但是，走这一趟，钱你出，你得记住，我跟你去，只是出于对数学问题的好奇！尽管状态低迷，洋妞还是高兴起来，因为，说到底，她正享受着这次出逃，就像有些人，一生平平无奇，突然，唰！不可思议之事降临在他们身上，就像有灰烬从天上掉落，是的，他们觉得自己成为了主角，却不知道自己根本不是什么主角，在这里，我们所有人都是搭台的，洋妞，咱们连配角都当不上，看看你周围，看看贴在地上的脸，看看他们，看看我，但是，我没有跟她说这个，我还是保持沉默比较好，让她幻想自己怎么跟她的德国朋友们讲述这场冒险，讲灰烬覆盖了地球的屁股，没错，讲她妈妈坐的是廉价航班，所以，她没能在智利降落，为此，她去了门多萨，天哪，救世主！我们的女英雄！那些德国人看着她，眼瞪得跟煎鸡蛋似的，她会庄严地点点头，带着孤儿的郑重，她会接受这些赞美，享受众人的关注，没错，她会煞有介事地自我陶醉，但谁知道呢，或许，洋妞现在很难过，毕竟，她家老太太死了，或许，现在洋妞内心忧愁又恐惧，干吗要打肿脸充胖子呢：城市上空，灰烬掉落，猛烈，均匀，让人害怕。

（　）

　　做决定时，菲利佩轻松得出奇。仿佛他在这个世界上
唯一的任务就是在山脉另一端找到英格丽德。而我对这个
计划存疑。与其说是存疑，不如说在这个计划里，我格格
不入。仿佛是我无力想象这段旅程，仿佛它是某部公路电
影的桥段，可这部电影我永远不会参演。能够确定的是，
菲利佩去意已决。始终对出走抱有幻想的人是我，可率先
启程的人却是他。我的任务是跟随他，弄清他什么时候回
来（他不等待，不观察，不明白）。我不能让他孤身一人。
他奶奶艾尔莎去世的时候，我母亲提醒过我这一点。从那
以后，菲利佩搬来圣地亚哥，和我们住在一起。这是一个
陈旧的诺言（陈旧的诺言比崭新的诺言要沉重两倍），菲
利佩也清楚这一点。可他无法在同一个地方逗留几个礼
拜，他总是从公寓消失，逼我编出一个又一个谎言：他在

卫生间，母亲，他在睡觉，他咳嗽得太厉害，已经说不出话了。说实话，如果让我来决定，我们哪儿都不会去，特别是那一天。我会拉上公寓里的窗帘，不去看外面对称到可怕的街道，不去看被泥灰覆盖的树木，不去看那些用灰烬搭城堡的小孩。我会让帕洛玛耐心点，我会跟她说她妈妈肯定不会有事。但我不能一个人待在这里。最多两天。帕洛玛说。她开口时，我也正要说服她，我想让她同意我留在圣地亚哥等他们俩，我想让她理解我（我母亲，帕洛玛，我的母亲）。

纠结犹豫之中，我穿过几个街区。最终，我还是决定跟他们同去。我只是为了从山顶上看看这座城市，快去快回。我会跟母亲借车，然后我们一起穿过那座山。听起来很简单。帕洛玛说。我们在森林公园里散步，菲利佩朝几只野狗吹起口哨。野狗们对着静止不动的马波乔河狂吠。万事俱备。菲利佩猛然停下脚步，指出了真正的问题：我们把死尸放哪儿？是把我妈妈放哪儿。帕洛玛纠正道，说着，她轻搡菲利佩的胳膊（令人难以忍受的打情骂俏）。那是我妈妈，菲利佩，别再叫她死尸了。但菲利佩不松口，他靠近帕洛玛，贴着她的脸，咬牙切齿。他说：你死了的妈妈，洋妞，死人（灰烬落在二人双肩，他们看起来可憎地相似）。问题在于，英格丽德已经死了。对我来说，把棺材绑在车顶上就足够了。不过，真正的解决方案还在几个街区之外等着我们。

基督之家就要停止营业，金属栅栏门缓缓关闭。菲利佩抢先一步，用脚别住栅栏。他不停砸门，直到一位黑衣男子终于妥协，出面招待我们。他领我们穿过昏暗的迎宾室（八把椅子，一块屏幕，按常规摆放的一盆榕树），带我们来到另一个大厅。大厅里，办公椅和人体工程键盘搭建成一座迷宫，分出许多一模一样的小隔间。不等落座，菲利佩便开始介绍情况。男人起初听得仔细，但等他明白了我们的计划，立刻大发雷霆。男人向后一仰，从椅子上跳了起来，挥手往大门方向一指。你们疯了？他说着，举起殡葬服务价目表。我们租车，是按项目提供服务，小伙子，我们不按小时租。这里不是汽车旅馆，我们也不是租车公司。

我和菲利佩大笑着离开办公室。帕洛玛咬着指甲，脸气得通红。我试图让她冷静下来，试图抚摸她。但她却越走越快，仿佛在下个街角马上会出现另一家殡仪馆。它还真出现了。维库纳麦肯纳街，一辆灵车在路旁静候，它被灰烬覆盖，面目全非（还是得早做准备，那个昨晚把车盖好的男人说过）。我将信将疑地穿过马路，以为这是海市蜃楼。但菲利佩打破了我的猜想：梅赛德斯奔驰，1979 年。

他判定。他走向那栋殖民时期风格的单层老房，房子的砖墙因地震而开裂，窗户上装着黑色铁栅栏。门框上，一枚钉子挂住一张海报：*埃宁特加－奥尔廿殡亻馆*。转过行来写着：*五十年攵力服务与关亻*。

一个瘦高的年轻人给我们开门，他的皮肤上冒出不少青春痘。他把我们拦在门外，打量起我们。看到菲利佩时，年轻人正了正身子，机械地紧紧握住他的手。他微微点头，十分严肃地说，节哀。不是向我，也不是向帕洛玛，他向菲利佩表示哀悼。菲利佩向年轻人道谢，现在他是遗属。他瘪着嘴，强忍着不乐出来。二人僵在原地，仿佛他们不知道该怎么结束这场问候，结束这段机械的哀悼。依我看，他们这是在调情：二人双手紧握的时间长得夸张。

屋子里很冷。一进门，我便听到一个男人在另一个房间哼唱昆比亚舞曲。油炸食品的浓烈气味窜进走廊，刺激着我的眼睛，我不得不后退几步，呼吸几口新鲜空气（洋葱，灰烬，我别无选择）。一间高吊顶的大厅吸引了我的目光，大厅中间放着五口棺材。肮脏开裂的墙壁上挂着花束的照片。一张马蹄莲照片下面写着几行字，菲利佩走近查看。*本店提供传统花圈、欧报春花枕、盖棺玫瑰花毯、花环及其他盖棺鲜花。*念完这行字，菲利佩笑了起来，问这么多花枕、花毯，难不成是为了让死尸更舒服。帕洛玛装没听见，或者，她确实没听见。她忧伤地研究着棺材的材质，用指肚抚过面前那片木头。她身边，年轻人流利地背出木料的特点：名贵木材，经久耐用。他说话时左摇右晃，像门边的钟摆。

地板的吱呀声打断了年轻人的话。老奥尔特加来了，他比儿子更高，也胖了不少。他目光温和，眉毛压在眼睛上，粗重浓厚。老奥尔特加脚踩拖鞋，用厨房抹布擦干手上的每一寸皮肤。他双手厚实，布满老茧。他轻轻拍了下儿子的肩膀（精准的拍击，让他停止摇摆），跟他说他还是缺少历练，应该仔细观察，认人要认准，不用说，这回他又弄错了。老奥尔特加走进大厅之后，我才明白他这番话是什么意思。他缓慢地观察我们，对比我们。他的眉毛皱在一起，连成一条。他毫不犹疑地开口：节哀吧，年轻人。说着，他紧紧握住菲利佩的手。随后，他又摸了摸帕洛玛的肩膀，最后，他牵起我的手，就像让一只刚出生的小鸟蜷缩在他掌心，温柔得令人动容。节哀，姑娘。他湿润的眼睛闪着光。我们一齐向他道谢。

老奥尔特加听帕洛玛解释情况，从始至终没有打断她。帕洛玛提到了有关领事馆的细枝末节，提到了表格，提到了迫降在门多萨的航班。老奥尔特加点头表示理解。

我是德国人。她澄清道。我只是路过这里。帮帮我吧。她哀求起来，声音甜美。她滔滔不绝地讲述自己的故事，我听来只觉得荒谬不已，我甚至感觉自己像是被困在梦里。老奥尔特加却听得心满意足，丝毫不考虑她那令人绝望的处境。他只是坚定地附和，说他也希望我们能把她葬在她的祖国，所有人，每一个人，都想葬在自己的祖国。你做得很好。他和帕洛玛说。话音一落，他便踩着拖鞋离开了。再回来时，他拿来了一套钥匙和一个坐垫。这样，你们仨都能坐在前头，坐在灵车后面可不吉利。他提醒道。他把坐垫交给菲利佩，而菲利佩还在为小奥尔特加着迷。小奥尔特加看起来更矮、更瘦了，仿佛他父亲的出现让他自惭形秽，仿佛他必须要赢回海报上缺失的每一个笔画。

奥尔特加父子把我们送到门口。一出门，老奥尔特加就把钥匙交到我手里。他略带怀疑地看着我，他的眉毛搭在水肿的眼皮上。我跟他道谢，坐上驾驶座，帕洛玛坐在另一边靠窗的位置，菲利佩被夹在中间，蜷在两个座位之间的坐垫上。这笔买卖十分简单：我们回来之后交钱，途中遇到任何问题，随时给他打电话。我摇下窗户，跟老奥尔特加最后一次道别。他拍着落满灰尘的车身，再三嘱咐我开车小心。这匹战马已经有年头了，小姑娘，它的离合器不太好使，但是，它从来没有辜负过我（辜负，我琢磨着他口中的辜负）。

车里有点窄，至少能坐活人的地方有点窄。两个座椅之间的空隙放不下菲利佩的长腿，他怎么坐都卡着变速器。斑点狗塑像和小奥尔特加的儿时照片挂在后视镜上。车往前开，两个小挂件随之打转，一会儿盯着我们，一会儿背过身去。帕洛玛倒是挺舒服，她抱着腿坐在粗糙破损的副驾，眼睛盯着反光镜。反光镜里，五辆，甚至十辆车都在我们身后排队行驶。他们点起车灯，有序前进。

回到公寓，我又开始觉得别扭。我埋怨帕洛玛。她坚持认为，把我们的旅程告诉我母亲不是明智的做法（我清点出桌子上有四团光晕，烟灰缸里有七个烟头，我需要走过八个半街区）。她不想暴露我们的计划，因为我母亲会过分担心。她太看重这件事了。她说。她的建议是，我们先带她回来，再去跟我母亲解释我们做了什么（*她*指的是她死去的妈妈，*我们做了什么*指的是带她归乡，如果确实有乡可归）。

我无力继续这场对话。我知道，这只是一趟短途旅行。我也确信，母亲想让英格丽德葬在圣地亚哥。如果我们能把她带回来，她会为此感到骄傲。如果摊上这种事的是我母亲，她照样会这么做（这种事是值得做的事）。这主意挺好，我对自己说。可母亲的形象出现在我的脑海里，我无法摆脱。她扫去玉兰花瓣，清理每一片叶子，擦去虾蟆花和瓷砖上的污点。我能想象到她摇晃树木，清扫地板，她只是为了清扫一遍，再清扫一遍。我能想象到她手握听筒，暴躁地拨出我的号码，奇怪为什么我不接电话，为什么过了这么久，我还是不接电话，我怎么能不想着她。我看见她固执地再次拨号，她的嘴唇贴在话筒上，她问我为什么不早接电话，问我在干什么，问我要去哪儿，为什么去门多萨，要去多长时间。准确时间，伊克拉，不要骗我。她会说，你能有什么重要的事。除了浪费时间，你没干别的。浪费了那么多时间。

（你在哪儿，伊克拉？还要很长时间吗？你上路了吗？你看报纸了吗？什么叫你没买报纸？那些灰烬。你要小心，小心砷，小心镁，小心硝酸盐，小心雾霾。你很虚弱。你很消瘦。你很孤独，伊克拉。这么年轻，这么孤独，女儿。这么孤独，我的女儿。）

（　　）

　　我离开了圣地亚哥，却没有离开。或者说，我无法相信我正在离开圣地亚哥。我们沿科迪勒拉山系而上，灰雨越落越密，尘土掩埋后路。菲利佩蹲坐在我右手边，嘴里哼着似曾相识的旋律，我一听就知道这是哪首歌：我们要去兜风，哔哔哔，坐着丑丑的车，哔哔哔[①]。他夹着嗓子，模仿小时候的声音，重演童年的场景。那时，他坐在汽车后座，激动地敲着我母亲的座椅靠枕（安静点，系上安全带，冷静一点，菲利佩）。每次都一样：我靠着椅背，菲利佩在我耳边嘀嘀咕咕。咱们玩点新鲜的，小伊，咱们吊小人猜单词，咱们拔河。他用童声悄悄说，只让我听见。我耸了耸肩，以为他会拿出纸笔。毕竟在这个游戏

————————

① 智利童谣《爸爸的汽车》（*El auto de papá*）。

里，要么是我们拼出单词，要么是我们吊死小人。但菲利佩不想玩这种吊小人猜单词，他想玩之前他自己在钦威翁发明的版本。于是，他从包里掏出一根铅笔和一根长长的黑线。他拉起我的手，握住我短粗的手指。他对我说，拉紧黑线，小伊，不要动。我把手掌放在他的膝盖上，静止不动，手心朝上。菲利佩聚精会神，在我的五个指肚上作画。两个黑点当眼睛，一个圆圈是鼻子，一条直线是嘴巴：五张冷漠的脸出现在我手上。我们互换角色：我在他的手指上画眼睛，画领结，画卷发。我们哈哈大笑，我们像告别一样挥舞双手，我们互相挠痒痒。哩哩啦啦，噫哩哩哩嘟[①]。菲利佩伸出一只手指，被选中的手指。啦啦哩哩，你就出来了。菲利佩弯下其他手指，它们恭敬地蜷缩起来。我的手撑着绳子，五个唯命是从的士兵誓死保卫我军的长绳。小伊，再使点劲，拽它。菲利佩儿时的声音说道（幽灵般的，尖锐的，不可能的，他的声音）。我一直拽，拽到他血流不畅，手指窒息，双眼突出，细绳嵌进他第一个指关节，指肚上的小人就要脑袋爆炸。我们的笑声消失了，因为我们不该发出那种噪声，这是我母亲说的：我的天哪，别折腾了，新闻里说别的事呢（鼓声，持久、

---

① 智利童谣《轮到你了》（*Ene tene tú*）。

沉重的鼓声）。

我们面前便是科迪勒拉山脉，它始终如幽灵一般监视着我们。我谈论起昏暗的天空，被灰土掩埋的田野，肉眼可见的风的纹理（圣地亚哥的灰色寿衣）。我需要确认，我正在离开圣地亚哥。我对自己说，这是一场旅行，这是真的。我开始加速，把油门踩到底。一阵全新的悸动在我的胃里翻滚。菲利佩举着一打报纸专心翻阅。帕洛玛拿着一张地图自娱自乐，仿佛她在德国时就计划好要租一辆灵车，翻山越岭：先上五号北部公路，再走五十七号公路，沿着白河和旧瓜尔迪亚开。起初我听她指挥，可当我发现她说的地名是错的，距离是乱的，地理地貌是百年之前的，我也就不拿她的话当回事了（我们离开了从前的城市）。

距离通往边界线的路还有几公里，我们开上岔路，给车加油。加油站的小伙子用睡觉来打发时间。他躺在遮阳棚下，伸直双腿，报纸像帽子一样顶在脑袋上。菲利佩下车去自动贩卖机买东西（一个钢镚接着另一个钢镚，自动机器）。小伙子连忙起身，以一种奇怪的姿势向他问好。再一次，外人向菲利佩表示哀悼。随后，他向我们走来，细细研究起这辆车，甚至从玻璃窗探头往后座看。他问我箱子在哪儿（棺材，灵柩，棺椁，家）。他对我的回答并不关心。他只是在独处了一整天之后，需要找人说说话。真够叫人烦的，您想想。您现在上山是为了看雪？您不知道？不会吧？去吧，好看着呢。灰烬缭绕的山峰让他着迷。

山路的弯道角度很小。现在，我蹲坐在垫子上，菲利佩在开车。他坚持要求换座，我选择妥协。我为此感到后悔。小奥尔特加的照片摇来晃去，我也一样，保持平衡根本不可能。这条盘山路就是无尽的左折右转，偏偏菲利佩拐弯不减速。我不说话，又惊又怕。你们别被转晕了。他说着，沿着永无止境的盘山路向上开。我们一点都笑不出来。帕洛玛右手拽着车门把手，左手撑着我的肩膀，既是为了不摔着自己，也为了让我不要滚到车底。拐过了十个或者十五个弯，她终于坚持不住。停车透透气。她说，我要吐了。

从悬崖上看，圣地亚哥躺在谷底。这座城市不过是埋在山脉之间的一个小孔，周围散布着零星的灯光，平和安宁。汽车轧过的山路上落灰平整，没有任何人来过的印迹。灰烬汹涌，覆盖一切，没有痕迹能够幸存。帕洛玛艰难地呼吸，她用一只手盖住鼻子，另一只胳膊亲热地挽着我（或许是为了不失去平衡）。她需要几次深呼吸，来让自己恢复平静。我没有呼吸问题，菲利佩更没有。他离开我们，向不远处的洞穴走去。尽管前几天热得不行，洞穴里仍有残雪幸存。他快步穿过灰烬，就像儿时在沙滩上行走。那时，他突然脱光衣服，不管我母亲的尖声警告，她冲他大吼：停下来，菲利佩，现在就把衣服穿上，这里有红色警告旗，这里很危险。菲利佩甩掉衣服，赤身裸体地冲向海浪，他暴力地投身大海。暴力地，这是他所知晓的唯一行动方式。他一猛子扎进水里，不为游泳，只为把自己钉在泡沫上，或者说，他要把自己瘦弱的身体钉在浪花里，他要刺伤海浪。在钦威翁多石的黑色沙滩上，菲利佩迅猛前进，全速冲刺。他跑到海边，就地弹射，飞身入海：他抬起双腿，悬于海面之上，直到海水不可避免地吞没他，直到从我等待的地方看过去（我那干燥的、温和的、有阴凉的海滩），只能看到他的双手，他的手指划破海浪，海浪照样划破他，一个漩涡把他掀倒，把他吞噬，整整十五秒（我在陆地上数出的十五秒），直到他颤抖着上岸，边走边吐。然后，他，菲利佩，再次冲进水里，再次被掀翻，再次钉在水里，劈海破浪，直到他上岸，皮肤发蓝，发蓝，窒息，怒目圆睁，牙齿打颤，他麻木地跟我说，海水好喝，海水美味。菲利佩向山洞走去，那里保存着永恒之雪，全然不受灰烬的侵扰。他用后背对着我们，冲我们喊话。他说这里还剩一点，让我们过去看看，他说他从来没摸到过这种东西。话音刚落，他便转向我们，微笑着伸出双臂。几滴温柔的水珠从他的指缝间滴落，他的双手合成碗状，里面盛满了恶心的灰色物质。

我请求菲利佩继续赶路。天要黑了。灰烬贴在我的皮肤上，令人崩溃。比起待在这里被活埋，保持移动更加明智。他不耐烦地瞪着我，想罚我再站十五分钟，让我忍受灰烬不断掉落在我的肩头。我再三坚持，终于说动了菲利佩。我们三人一同上车：他恼怒烦躁，帕洛玛满不在乎，我心平气和。不过我的轻松愉悦也没保持太久。眼前的路一片漆黑。大多数路灯已经短路，去往乌斯帕亚塔的公路无法通行。我们别无选择。菲利佩开下主路，钻进山谷，迷失在群山之中。他停下车，关掉车灯。

夜晚第一次降临。

5

　　我不喜欢封闭空间，不，我喜欢走路，用脚走，坐公交，最差也得开着灵车，但是静止不动不行，所以，像被开棺的诗人那样就不错，骑着驴穿过山脉，如果是夜间行进，那就更好了，没错，因为半夜散步更爽，我能思考，冷风刺骨，头脑清醒，因为晚上得出的想法更好，这所有人都知道，悲伤的想法遁形于黑暗之中，所以，我总是行走在黑夜里，我总出现在夜色最深处，从我第一次来到伊克拉家开始，那时，我们都是小孩，那几天，我的老爹艾尔莎把我放在圣地亚哥，就几天，我的孩子，我得去做点重要的事，她说，我重复道：zh—ong—重，y—ao—要，因为我喜欢把字词拆成音节，尤其是四声的字，尤其是我不理解的词，尤其是 zh—ong—重—y—ao—要的事，就是这样，我的老爹就这么走了，一开始她只走几天，后来一走就是很长一段时间，但是，于我而言，那栋房子太过狭小，当然，也有可能是我呼吸困难，没错，缺氧，因为那段时间里，鲁道夫还在那个房间里养着，病恹恹的，我不喜欢他的气味，发酸发甜，像腐烂的水果，像化学药剂，那股气味能蹿进鼻子，钻进肚子，气味所及之处，万物腐坏，众生哀伤，我就是这么想的，因为在这个家里，连番荔枝都是悲伤的！所以，我走了，那股气味在谋杀我，可我还不想死，不，先生，于是，我抓起我的东西，紧闭双唇，穿过走廊，冲出前院，我就这么走了，可是，哪怕我已经走出了三四个街区，我还是感觉有沙子卡在嗓子眼里，无论怎么吞口水，怎么吐痰，我都不能摆脱这种感觉，不能，我害怕，我怕自己已经染上了他的气味，我怕这股味道会在我恶臭的血液里永远循环，所以，我开始摘花，最开始是玫瑰，我把玫瑰堆在鼻前，吸走它的全部香气，直到它彻底扭曲变形，没错，玫瑰花一捧又一捧，我用完就扔在地上，只有这样，我才能腾出手去找虾蟆花，虾蟆花，长着白色花苞，散发着甜味，像吸吮肉卷一样，我吸吮它，就这样，我吃掉全城的花蜜，我把圣地亚哥变成无花之城，我肢解花朵，劫夺花瓣，拆分花萼、雄蕊、花冠、花丝和花托，碎花被我扔在水沟里，跟蝌蚪一起漂浮，借着白色小舟，蝌蚪们在浑水中航行，浮舟雄蕊和它的水虫舰长，我在圣地亚哥城里游走，吃掉花茎和花粉，我把我的想法挂在电线上，或许它们会被点亮，就像把运动鞋挂在电线上，一只只鞋挂在黑色夜空中，如同白色星体，这就是我想要的，我要把圣地亚哥变成无花之城，我要把这座城市据为己有：所有鸽子都是我的飞禽，蚊子、鸽子、草地鹨都是我的爱鸟，没错，我是狗的主人，我是圣地亚哥城内所有流浪野狗的主人，我既是它们的爹，又是它们的妈，这样一来，我就能打开它们的小嘴，它们的臭嘴里盛着献给我的白色口水，黏稠的、冒泡的口水，它们想让我保留它，所有野狗的狂躁①都装在一个小塑料瓶里，这就是我想要的，然后，我用自己的口鼻靠近瓶口，我闻它们的口水，我品尝它们的口水，我吞下它们的口水，一滴不剩，我要让圣地亚哥成为幸福之城，欢乐之都，没有一丝狂躁，而在这座城市里，我是主人，是领主，是志得意满的野狗之王，我就是这么想的，彼时，我正走在街上，大街宽敞，无花，突然，我打了个巨大的寒颤，一个错误的想法令我不安，因为我想到了伊克拉，她正在鲁道夫的气味中腐化，我看到她坐在奇洛埃地毯②上，

---

① 原文为"Rabia"，亦有狂犬病之意。
② Alfombra chilota，奇洛埃地毯，智利奇洛埃岛的手工地毯，因其独特的打结技术而闻名。

地毯是我老爹艾尔莎送给她的，小伊让我不要回乡下，她不喜欢单独跟她爸妈相处，她让我留下，拜托了，想到这里，我改变了主意，我要回去，我要找到她，因为如果小伊腐烂了，那我当上圣地亚哥之主也毫无意趣，因为我和她要生活在一起，这是我们对彼此的承诺：我们会一直在一起吗？我们是表兄妹吗？我问她，她告诉我不是，我要当你爸爸，她说，她给自己画了两撇黑色革命者八字胡①，她裹上我的白床单，她把她的粉红色衣服递给我，她讨厌那件衣服，就这样，我们开始玩耍，我演妈妈，她当爸爸，可玩了一会儿，她又不喜欢这个游戏了，我告诉她，我更想当她的宠物或者植物，我想当花粉，我想当花的轮生叶序，因为我们正在学花的组成部分，我想做雌蕊，我想当花茎，我接着说，干脆，我们就当亲戚，但是得当远亲，怎么样？比如四代玄孙，没错，我们就当玄孙玄孙女！我说，因为每个人都有祖父母四个，曾祖八个，高祖十六个，玄孙三十二个！我们可以互当玄孙玄孙女！她却告诉我，说要想当玄孙，先得有儿女，儿女先得有儿女，儿女的儿女也得有儿女，儿女的儿女的儿女，还得有儿女！但是，我和她不想有儿女，没有原因，不要有儿女，

① Bigote revolucionario，革命式八字胡，特点是宽厚浓密，末端向上弯曲。

我们还为人儿女，儿女怎么能有儿女呢？玄孙玄孙女不可能，伊克拉说，幸亏不可能，因为生孩子只会让事情更加混乱，新生儿让计算更加复杂，新生儿倔强地出生，执着于做加法，可减法才是势在必行，所以，不要有新生儿，这时，我们明白我们不会成为血亲，为什么一定是家人，为什么一定有血缘关系，她要求我们一起做出承诺，承诺我们会一直生活在一起，她就是这么说的，她说，我们起誓，以原子的名义，以我爸妈的名义，以飞燕的名义，发誓我们永远会在彼此身边，我说，不，小伊，我不能拿这些东西起誓，因为这些东西并不存在，除此之外，我还要照顾圣地亚哥的动物和植物，所以，我没法一直住在孔苏埃洛和鲁道夫的家里，于是，我跟她说，不，小伊，我们最好共同分开生活，就像我和我家小老太太，在一起，但不搅和在一起，她抗议了好一会儿，最终也接受了，她跟我保证，她永远会接纳我，哪怕我们长大了，她也永远会为我留一张沙发床，可是，如果伊克拉从内部被毒害，她怎么还能迎接我呢？我就是这么想的，于是，我试图找到回家的路，但是，我找不到回家的路，因为黑夜茫茫，我的想法销声匿迹，它们飞向远方，早已不在此处，我想我需要一辆敞篷车，灵车那种的不要，要教宗座驾那样的，通风透气，没错，我想要这个，一直以来，我不想当爸爸，只想当教皇，因为我想做上帝的羔羊，在羊毛云里，我散步，吃草，温暖地活着，在钦威翁的草坪上，我躺下，在河里喝水，我从小就想当羔羊，直到那一日，我看到了那只羊羔，大头朝下，鲜血直流，从那之后，我再也不想当羔羊了，不当，但我确实想要一辆教宗座驾，我坐着它去找伊克拉，我们一起劫化，一起吃芹菜根和枇杷皮，可是，我不知道怎么回去，因为每到夜晚，我的一切想法都弃我而去，我不知如何寻回它们，因为它们也是黑暗的，它们遁形于黑夜之中，如同青蛙藏于丛林，如同石头，如同灰烬，黑暗的想法在黑暗的夜晚里隐藏起来，所以，我回不去家了，我迷路了，没错，因为圣地亚哥太大了，很大很大，没有海洋为我指引方向，我确实害怕了，但是只有一点怕，因为我碰到了一条没爹妈的野狗，一只小狗，长着黑色斑点、白色斑点、咖啡色斑点，我看它长着癣，又怒气冲冲，我想，它应该是我的小狗兄弟，因为，我在吃虾蟆花的时候，它陪伴着我，十分忠诚，一脸愤怒，我和它相伴走过许多街区，很多很多，我们在街角撒尿，我的野狗兄弟舔了我的尿，然后，天亮了，可我还是没能找到我的想法，因为它们迷失在夜晚中，白天的想法和晚上的想法不能相遇，不能，这所有人都知道，不知道过了多长时间，大概是一个礼拜，我在拉莫内达宫前的喷泉池喝水，小狗把舌头伸进水柱，我模仿着它，弓腰舔水，就在这时，条子把我扣了，条子不喜欢我们这样喝水，他说我被逮捕了，我跟他说：没人逮得住我！我就喜欢走路！但他一把抓住我的胳膊，把我拽上警车，地上有一摊血，凝固的、暗红的、浓稠的血，我的野狗把这一小摊血舔了个干净，警察局里装满了人，牢房里散发出一股难闻的气味，但这不是鲁道夫的气味，不是，这种气味更酸，胳肢窝味，犯人味，我是这么想的，我向栅栏之后看去，寻找他们的脸，他们的双眼写满复仇和遗憾，让我不敢直视，往下看，我的小狗还跟在我身边，它吓得要死，尾巴夹在双腿中间，口鼻冰凉，贴着我的脚踝，条子问我，小子，你的宠物叫什么，我说它叫奥古斯托·何塞·拉蒙①，还有狂犬病，条子吓坏了，他跟我说：赶紧给它换个名，混蛋，我耸耸肩膀，他继续问，问我的姓氏，我的身份证号，我的出生日期，我的居住地，我跟他说，我住在排水沟里，跟被肢解的花瓣和蝌蚪一起，我住在花冠里，在金合欢的光晕里，他看了看我，问道：你多久没吃饭了，小崽子，我想，他算老几，我是圣地亚哥之

_____

① 智利前总统、军事独裁者奥古斯托·皮诺切特全名为奥古斯托·何塞·拉蒙·皮诺切特·乌加特（Augusto José Ramón Pinochet Ugarte）。

王，我是虾蟆花之王，但我没跟他说这些，我只告诉他我的姓名，菲利佩·阿拉瓦尔，他写下我的名字，动作缓慢，跟刚学字母表似的，每个字母都大写，那个德国女的说话也这样，我真受不了大写字母，没错，我不喜欢大写字母，但我没跟他说这些，因为他拿起电话，打给警长，重复我的名字：确认，长官，阿拉瓦尔，泥瓦的瓦，我在边上候着，他在文件和卷宗之间不停翻找，一头雾水，脸皮皱得跟斗牛犬似的，小样儿跟堂弗朗西斯科[①]似的，他挂上电话，跟我说：不可能，他的嗓音沙哑、愤怒：你别跟我瞎扯淡，小崽子，你到底叫什么？我说，阿拉瓦尔，瓦片的瓦，瓦罐的瓦，瓦解的瓦，不为瓦全的瓦，我说，阿拉拉拉拉拉瓦尔，他皱起眉毛，审视着我，从头到脚，他的脸已经扭曲变形，嘴唇动起来跟狗嘴似的，只不过没有哈喇子：不可能，混蛋，说真名，王八犊子，别逼我动手，别让我给你关进去，进去了可谁都救不了你，我重复道：菲利佩·阿拉瓦尔，我叫菲利佩·阿拉瓦尔，奥古斯托·何塞·拉蒙的口水淌在我鞋上，空气里全是人味，条子憋红了脸，扯着嗓门说：据称，菲利佩·阿拉瓦尔已死，我沉默了，狂躁之瓶里，有雌蕊、花瓣、花萼和冒泡的口

---

① 堂弗朗西斯科（Don Francisco），智利著名主持人。

水，我不想在监狱里失去它们，我不想让它们化为金属，遁形钢铁之中，于是，我吞下喉咙里的沙子，沙子顺气管滑下，我试着把声音压到最低，小声嘟囔，我看着那些眼睛，感受着脚踝处，被愤怒浸湿的口鼻，我缓缓开口，我说，我是为了自己而说，就像那些重要的事情，我做，我也是为了自己而做，我说：据——称——已——死，然后，我逃跑了，他们没有抓住我。

（　）

　　我们决定在峡谷过夜，那里的灰烬被夜晚清扫殆尽。身边的声响我只能依稀分辨出几个：山风呼啸，菲利佩焦躁的呼吸，膨化食品包装袋沙沙作响，零食是菲利佩在加油站自动售货机买的，帕洛玛正在狼吞虎咽。我自信能够适应黑暗，可只过了一会儿，我便需要通过揉搓眼睛来使双瞳聚焦：小奥尔特加的照片挂在后视镜上，当天的报纸团在我脚下（再一次，报纸上写，再一次）。帕洛玛撑开公路地图，她把地图贴近自己的脸，再移远，反复几次。尝试无果，她掏出打火机，点亮地图。忏悔者山谷。她边说边熄灭火苗。我认为，我们位于忏悔者山谷（悔过者，服丧者，受难者）。

　　我告诉她，忏悔者山谷在救世基督像后面，要穿过解放者峡谷才能到达，而我们所在的高原没有名字，这里哪儿都不是。帕洛玛把地图铺开，摊到我面前。她执拗地认为，我们在忏悔者山谷过夜是一个预兆，但她没能重新在地图上找到山谷的位置。菲利佩在自己的座位上沉默不语。他好像预感到，这将是一个把他提前逼疯的漫漫长夜。我明白，现在轮到我说服他了。三个人在前座耗上几个小时毫无意义，而车子后部空空如也。于是，我提议大家挪到后面休息。这样咱们能舒服点。我说，都别太迷信了。我并不担心老奥尔特加口中的不吉利，至少在天降灰烬面前，在遗体丢失面前，在菲利佩的喘息声越来越痛苦面前，不吉利不算什么。

我们爬进灵车后部。帕洛玛无可奈何，菲利佩快要自闭症发作，我倒觉得这个场景好玩。三个人的身体围成半圆，每个人姿势各不相同，都想避开横穿车底的两道平行铁轨（让棺材平稳装车的设计）。车子后部十分宽敞，绒面地板的质地柔软得令人吃惊，大概是灯芯绒或者天鹅绒。车顶中央，我隐约能看见一盏小灯（需要照亮棺材的诡异紧急情况）。我的眼睛正要把车内布局看清，菲利佩就点亮了顶灯：一扇后窗，一块分隔前后的磨砂玻璃，两侧没有窗户的滑稽车身。

我们三人之间只隔了几厘米。山景孤寂凄凉，我们与世隔绝，身边昏暗阴沉，一种忏悔式的虚假亲昵由此生发。帕洛玛无法抗拒它。还有那么远。她说，如果发动机被灰烬堵上了怎么办？如果我们到不了门多萨怎么办？我要到哪里去找她？（她开始掰自己的指关节，一根手指接着另一根手指：被浪费的十秒钟）。她的担忧令我感到意外。我转身，面向后窗。车内的灯光照亮了窗外飘落的灰烬（夜晚正在无可挽回地溃散）。但她那有关我们被困于此地的噩梦，也实在是难以成真。不会的。我边说边抚摸她的腿，那条腿凉得惊人。那只是灰烬，帕洛玛，一会儿就停了。我把手放在她大腿上，我也不清楚那只手怎么摸到了那里。菲利佩往后挪了一下，帕洛玛不得不跟着挪动双腿。他单手打开背包。三个杯子和一瓶酒凭空出现，跟变戏法似的。菲利佩开始倒酒，他的杯子比我们的要大些。我们二话不说，马上接受了他的提议。我们要享受纯正皮斯科带来的片刻幸福。

字头听写①是我的主意。我提议把灯关上，大家平躺下来，帕洛玛斜靠在我们中间。皮斯科酒让我开口时有些兴奋：咱们也找点事干，玩字头听写吧，不开灯，不拿笔，不拿纸。

---

① 一种文字游戏，游戏者要在规定时间写出同一字母开头的、应用于不同领域的单词。如由字母"a"开头的名字、姓氏、国家、动物、蔬菜、水果等。

每人指定一个词汇领域。我说的是火山名字。帕洛玛说的是智利墓地。菲利佩一开始不想参与，但琢磨了一会儿，决定选杀人方法或死亡方式。帕洛玛蹬掉鞋子，在中间躺好，她伸展双腿，右肩蹭着我的肩膀。一根金属轨道挡在我俩中间，埋进我的胳膊和大腿。很快，金属的冰冷触感不再突出。我唯一能感觉到的只有身下起毛的车毯。游戏字母写在车毯上，帕洛玛的手也在车毯上。我把我的手放在她手上，一动不动。

我起头。菲利佩说。预备，开始，"h"。恒长公墓。化学中毒。花柳病。狐怜山。我们混乱地抢答，我们口中的单词时而相斥，时而相融。苦怜山只是个小山丘，帕洛玛，它不是火山，更何况，人家叫"苦怜"，"k"开头，比如姓柯，烤面包，看押。没人会因为烤面包而死去。因为看押呢？行了，重来。预备。开始，"m"。梅德洛大都会公墓。迈波火山。莫乔火山。买凶。人怎么能死于买凶呢，菲利佩？八竿子打不着。怎么不能？嗯……好吧。帕洛玛不合时宜地笑了一下，继续用她咄咄逼人的德语进行游戏。她嘴里时不时会蹦出一个德语词，但等她自己翻译过来才发现，在西班牙语里，单词的首字母已经变了。她每说错一次，就捏一下我的手。开始，"p"。好多墓地都叫什么圃、什么坡的。确实，墓地不叫墓地，总是另有其名。佩德罗阿火山。普耶韦火山。蓬第亚古多火山。跑冰。跑冰？说什么呢，洋妞。谁会死于跑冰？开始，"t"。摊饼子的"t"。讨厌的"t"。塔克拉火山的"t"。图图帕卡火山的"t"。痛苦折磨的"t"。

时不时，我也会重复帕洛玛口中的德语词。德语音节抓挠着我的喉咙，对我而言，它们只有一个意义：摩擦（手指内部发出嘎嘎声）。或许，我是在用模仿德语词来争取时间，或许，是摩擦诱惑了我。因为伴随着每个德语音节而到来的，是帕洛玛用手指触碰我的手背。她反复轻抚，没有停顿，没有痛苦。这让我回想起，从前，我的皮肤上也有过一阵灼热。那时，我曾反复进行这场仪式。一位十分腼腆的女孩把这个秘密传授于我。卡米拉，她叫卡米拉。我们只当过一个冬天的同学，但这足以让她向我揭露抓挠之中所蕴含的较量。抓挠的较量在于抵抗。让另一个人尽可能久地抓挠你的手背。水滴石穿。她的指甲来回移动，遵循着固定的节拍。抓挠。放开。我们可以持续几个小时：我的手静止不动，她的手指从右划到左，一次又一次。直到她的指甲之下不再有任何活动空间。因为在反复抓挠下，我的手已经脱皮，瘀血已经在我手上凝成一片（指甲还在划动，继续，再快点，卡米拉，每一个声响都是我的一层皮肤，继续，打开它，粉色的，红色的，白色的，继续，继续）。几个星期之后，我的手才完全康复。但这至少让痛苦不容置疑：肉眼可见的痛苦，我的痛苦。一旦伤口开始结痂，威胁我它要康复，我们便重新开始。如今，我的左手上还残留着当时的伤疤。帕洛玛抚摸着它，毫不知情。

我想继续游戏，但我被困在有关手上疤痕的回忆里（撕裂的伤口，一场逃亡）。帕洛玛玩得开心，嘴里念叨着绕口令，她看起来有些醉了。什么三只悲伤的老虎，什么旋转的杜鹃花，什么"r"和"r"抽根烟。可她的西班牙语无法到达她的舌尖，她始终发不出"r"的颤音。无论如何，菲利佩没有纠正她。他仰面朝天，啃着指甲。在黑暗的封闭空间里，他马上就要崩溃。我不得不去摇晃他，把他拖向自己身边。我需要开启一个新游戏，用游戏把他武装起来。我还记得，小时候，他蹲坐在羊毛地毯上，提出一起玩抓盲鸡（另一种动物，另一种眼病）。好玩极了，小伊，求你了，你压着我的眼睛，摸我的巩膜，时间越长越好。菲利佩坚持要玩这个游戏，他让我先把手指含进嘴里，然后再用这根手指触摸他的白眼球。因为眼皮是他的敌人：我们要跟这层幕布做抗争，它想把我们都关起来，小伊，它想把我们永远关起来。于是，我听话地把食指含在嘴里，命令他躺在我腿上，头靠着我的大腿，把白眼球转向我。好了。他做好准备，对我下达指令。碰它，伊克拉。我的指肚接近他光滑的眼眶，带着恐惧抚摸潮湿的眼白，向一边滑来，又向另一边滑去，直到他的眼白再也无法承受，开始止不住地颤抖。我的手指之下，迷宫般的红血丝充满了他的眼睛：小伊，继续摸，另一只眼睛，伊克拉，里面的眼睛。

菲利佩依旧默不作声。他呼吸困难，仿佛忘记了呼气之后还要吸气，需要由我来提醒他：再一次，菲利佩，吸气。没有游戏可玩了。尽管寂静也让我备受煎熬，但也不妨把菲利佩的缄默当作我的机会：我可以趁机问问帕洛玛柏林是什么样，问她那里的树叫什么，公园叫什么。我可以跟她随便聊点什么，不用听他无休无止的批判指责。我用她的照片和旅行挑起话头。两个无话可说的人维持着一段对话（我们能说什么呢？我们能有什么问题呢？）。我已经记不清她说了些什么。她肯定重复了几个城市的名字，几道菜肴的名字，一长串名字。随后，我们之间出现了一段长久的沉默，我不知道该如何打破它。我感到寒冷。

那你爸爸呢？

帕洛玛挽救了僵局。我不知道她是真的好奇，还是礼貌性地发问，因为确实有些人会互致问候，互换外套，互相谈论彼此死去的父母。或许是出于社交礼仪，或许是因为我太醉了，或许是她打破沉默让我如释重负，我跟她讲述了故事的简短版本，也跟她讲了详细版本，俳句版本。这是菲利佩发明的，是他为了替我打发纠缠不休的小学同学编的。她们想听英雄传奇，想听血腥故事，这可是菲利佩最拿手的。你说你没爸爸，这就结了，伊克拉，别没事找事。可她们还是不依不饶。所以，我和菲利佩编出了俳句版本：病死于癌症，那是在冬季。大概是你离开智利的几个月之后。把这些告诉帕洛玛时，我有些慌张，就像一个人想要揭开伤口上的绷带。爸爸下葬之后，我逃学逃了好几个礼拜。这是菲利佩的主意。他在离校门半个街区的地方等我，然后我们一起在街上溜达。那段时间，他奶奶艾尔莎把他托管给我们，但他不肯上学。我们跟踪流浪狗，在喷泉里给它们洗澡。我们虚掷光阴。只有到了晚上，流浪几个小时之后，我们才会筋疲力尽地回家。因为害怕质问，我们总是提心吊胆，其实根本没人过问。隆冬时节，圣地亚哥寒气刺骨，但我毫无感觉，不饿，不冷，不难过。无论如何，我爸爸之前已经死过一次了。在切纳，他们枪决了我，他骄傲地说，那种语气，只能在他说这句话时听到（一个新的声音：为这九个字而生的声音）。说完这句话，他会把衬衫掀到脖子，自豪地展示那道从前胸贯穿到后背的伤。母亲会站在餐厅门口，静静地看着他

（一尊雕像矗立在家中，一双易碎的眼睛）。时光流逝，我学会了讲述别的故事。我编造自杀事件，杜撰血腥意外，宣扬值得铭记的死亡。我这么做，只是为了观察别人的反应：我想看到他们脸上的痛苦，然后捕捉那种痛苦，复制那种痛苦，重现那种痛苦。

菲利佩一言不发，帕洛玛也加入沉默阵营。我们聊完了死去的父亲，死去的母亲，极端的气候，我已经啃了六七只手指甲。这时，我搬出了最后一个话题。你妈妈为什么一直没有回到智利呢？话一出口，我便后悔了。与此同时，菲利佩哈了一声，像是打哈欠，又像是发笑。

我的嗓音听起来很是沙哑（另一种声音掰开我的嘴：继续，再快点，继续）。这个不合时宜的问题是我母亲的疑惑之一，它必然导向一个*关键*的回答。不过，她听不到我的提问。她依然凝望着她的黑白相片，每天清晨清扫家门口的死亡（响了几天的电话）。菲利佩嘟囔一声，翻身面向我，满口酒气喷到我脸上。他开口说道：欸，伊克拉，别那么招人烦。他点亮车顶的照明灯（被愤怒蒙蔽的双眼）。人家老太太回不回智利跟你有个屁关系，还是说，你想这么勾搭人家洋妞？他把这些话扔到我脸上，就此打破了一个陈旧的诺言，尽管这个诺言早已破裂。他抛弃了我。我对自己说，他让我一个人面对所有事情（面对所有事情的重量）。

帕洛玛坐起来，给我们倒上皮斯科酒。她劝我们放轻松，为了这么点事不至于。她神态自若，仿佛是跟我相处两天之后，她已经明白，我永远不会和菲利佩争吵。她慢条斯理地把杯子递给我们。享受。她的目光里满是调停人的骄傲，令人无法忍受的中立。来，干杯。她说着，举起酒杯，酒杯在空中，孤独又傲慢。Prost。她说出一个德语词，是的，Prost，吵架不值得。但帕洛玛并不知道我和菲利佩在吵什么。所以，我回击了。甚至，有她在场，我们的争吵只会更加值得。

我快速反击，不假思索。别招我，菲利佩，尤其是你（音节灼烧着我手上被打开的伤口）。我告诉他，他跟他的小笔记本让人看了觉得可怜，帕洛玛对他关于死人的胡言乱语也绝对不感兴趣，他最好的做法是自己出去走远一点（双眼紧闭的漫长旅程，在这样的夜晚，睁眼和闭眼没有区别）。菲利佩没理我。他打开后门，笑着下车了（空荡剧院里的机械笑声）。

帕洛玛聊起别的。或许是她对刚刚的争吵丝毫不在意，或许是她决定冷漠到底。她开始跟我说起她母亲的故事，她表现得像吃洋蓟一样：有条不紊，习以为常。我没听进去。菲利佩突如其来的怨恨，他的痛苦，我的愤怒，浇水的我的母亲，扭捏做作的提问（难道我们有不做作的问题吗？我们小时候也会掉灰尘吗？），都让我感到前所未有地孤独。帕洛玛的手指在我胳膊上游走。当我察觉到的时候，她的触摸已经让我厌烦，让我生气。

放松点，她说。

帕洛玛跪坐起来，脸贴着后窗。她拿起我的手，邀请我靠近她。窗户的另一边是一片黑暗的空地，一个小红点在远处晃动。反射作用下，玻璃上，菲利佩香烟上的火苗和我们的脸融在一起。帕洛玛想知道菲利佩为什么这样（*这样*，她说，我无话可说）。这样是哪样？我问。无所谓。她说。她说得对。无所谓。那晚我不想争吵，那晚的沉默我也不想打破。我靠近她，手搭在她颈后（抚摸着身体的另一面：眼睑内侧，角膜，皮肤褶皱）。我的手指保持静止，我紧张不安。我感觉到她的心脏在布满汗珠的皮肤下跳动。我没有动作，我在窗户的反光里寻找她的身影（她的双眼把山谷染成蓝色，天空由黑变蓝，却又因为她一个眨眼而乌云密布）。帕洛玛转过身，面对我。她的脸凑过来，又退回去。她在我周围的地板上摸索，她的手轻轻扫过我的腿，直到她摸到一个杯子。她把杯子放到嘴边，把杯中的酒一饮而尽。她抻了抻手，关上了灯。

她仰面斜靠在地板上，邀请我躺在她身边。来我边上，伊克拉，我们该休息了。她的声音甜美，可她的话语疏远又正式。但很快，她又换上另外一种语气，一种更任性的语气。她的一句命令驱散了我的失落。你，脱衣服。她说（一句醉话）。脱下衣服时，我没犹豫太久。但在她下达命令和我开始行动的间隙里，在我以为是我听错了、认为这不可能的几秒钟里，在我等她给我一个信号或等她来脱掉我的衣服的空白中，其他几十个命令一齐闪过我的脑海（过来，别说话，不能忘，坐下，哭出来）。我侧身躺好，腾出空间。我们只隔了一条金属轨的距离。我的脸靠近她的脸。你先脱。我听见我自己说。你，脱衣服。

4

因为我傻，才摊上这种事，因为我心软，才能让小妞们哄骗了我，洋妞说出发，瞪着她那双漂亮眼睛，我就跟个傻子似的，说现在就走！结果就是我窝在灵车里，灵车停在灰烬里，还想怎么样呢，再加上一个没事找事的伊克拉，在旁边抱怨说我讨人厌，我讨人厌？过分了吧？这浪费的明明是我的时间，我用来算术的宝贵时间，没错，因为死尸已经来临，我的工作前所未有地繁重，黑暗之中，减法无法进行，而减法必须进行，遗骸必须找到，可是，身边如此黑暗，行动必然困难，运气好的话，没准能依稀望见山峦轮廓，整条山脉卧在智利旁边，像一具侧躺着的躯体，从北到南，这条山脉就在这里，阿里卡①

① 阿里卡（Arica），智利最北端的城市。

是它的脑袋，圣地亚哥是它的屁股，难怪圣地亚哥城里总有屎味，那好吧，碰上了就是碰上了，中央山谷就该我住，把沃土留给我们，地理学诚不欺我！我要做的只有两件事，走路和设法营救尸体，因为真正操心的只有我一个，那个洋妞幸福享受得不得了，就是因为我上赶着来给她们当监护人，才摊上这种事，不过，仔细想想，在我做过的所有事里，就数这趟旅行最有爱国主义情怀，还有什么能比母女重逢更加高贵呢？只有父子重逢，因为这是一个传统：失踪！从贝略中尉①之后，重逢变成了重大历史事件，所以，每周六，所有人都会聚在电视机前，我的小老太太艾尔莎坐在第一排，每周六，吃着下午茶，看着堂弗朗西斯科的节目，我偷偷观察她，一观察就是几个小时，直到六点左右，黑袍小号手早已出场，智力竞赛已经结束，悲伤的音乐响起，动人的旋律升高，升高，升高，堂弗朗西斯科先生的声音变得沉重，他说话缓慢，拉着脸，像只忧郁的斗牛犬，他开口道：女士们，先生们，我要讲述一个悲伤的故事……那是一位母亲苦苦寻子十五年的故事……堂弗朗西斯科看向镜头右侧，一位女士出现了，她穿着花裙子，腰间挂着围裙，她一头卷发，撇着

---

① 亚历杭德罗·贝略（Alejandro Bello），智利飞行员。1914 年 3 月 9 日，贝略在进行飞行测试时失踪，至今下落不明。

嘴，马上要掉眼泪，她把双手埋在围裙里，看着堂弗朗西斯科和镜头，她手足无措，不知道该跟谁对视，堂弗朗西斯科说，跟我们讲讲吧，胡安妮塔女士，您最后一次看见您儿子安德烈斯是什么时候，胡安妮塔女士开始讲述她的故事，她紧张拘束，我的老爹艾尔莎边听边哭，整个智利都眼泪汪汪，因为如果有人声称自己没看过这些重逢，那他肯定是说瞎话呢，或许正因如此，我才会去替别人寻找死尸，因为我是看着堂弗朗西斯科的节目长起来的，我看着他跟胡安妮塔女士说：我们有一个好消息要告诉您，我的朋友，您的儿子……你的儿子……然后，噔噔！她的儿子安德烈斯出现了，就在十三频道的演播厅，人们激动起来，那位女士再也承受不住，哀伤的神情深深印在我奶奶脸上，她泪流不止，就是因为这些东西，我变成了多愁善感的蠢货，因为我们都想看到重逢，没错，而伊克拉和洋妞是最想要重逢的人，重逢真他妈的好！两个轻浮的小妞，缠绵爱抚，用热吻弥补遗憾，当然，是蓝眼睛洋妞先开始的，她不笨也不痴，丧期里她兴致盎然！可惜，我只能留在玻璃另一边，观看她们的剪影，因为哪怕只有影子，我也能认出伊克拉，小时候，她可一点不觉得我烦人：我在小道上玩浇水游戏，孔苏埃洛陪我一起，尽管现在想来，当时她只是在浇水，我在水流中乱穿，在强力水柱里瞎跑，我希望孔苏埃洛能跟我说点什么，但她几乎从不跟我说话，也说过一句，那次，我刚从南方来到她家，她在客房里替我组装推拉床，装好床，她就向我下达命令：以后你睡这儿，于是，我在床上躺下，那张床再也没有收起来过，因为我永远是客人，每天晚上，我躺在推拉床上，想象着自己是一只鹦鹉，像埃瓦里斯托一样，一只绿色的小鹦鹉，小鹦鹉在自己家中休息，我保持清醒，直到深夜，那时，他们的声音传到我耳中，孔苏埃洛和鲁道夫在争吵：他要住到什么时候？他说，他让我回想起一切，一切，除了胡子，他跟大菲利佩一模一样，不过，这种争论只发生过几次，大多数情况下，他们会看电视到凌晨，他们也会做爱，没错，孔苏埃洛急促的尖叫，活死人的苟延残喘，我想说的是，那段日子里，我在小路上玩浇水，小伊来找我玩，我们一起做傻事：她夺下孔苏埃洛的水管，用强劲的水柱喷我，我喜欢，当然了，因为这让我感到疼痛，我把自己想象成一棵垂柳，她为我浇水，我弯下腰，伊克拉站到我身旁，让我跪下，她靠近我，她的头发垂在我脑袋上，像窗帘一样，于我而言，留长发十分美好，我把她的长发想象成我自己的，我闭上眼，幻想我们两个合成一株垂柳，就这样，我们玩植物，玩雨水，玩头发，等她站起身，她立马悲伤起来，跟我说：你看，我最近怎么这样了，菲利佩，你看，她高高举起双手，给我展示腋窝上的小黑毛，她又说，你看，你看我下面，她脱下内裤，那里也有小毛，我看完她的小黑毛，也脱下自己的内裤，给她展示我的下面，我们两个互相抚摸了一会儿，孔苏埃洛在屋里，她悄悄监视我们，说实话，我不知道之后发生了什么，左不过是我们无聊了，但当晚，我躺下之后，孔苏埃洛走进客房，对我说：别靠近小伊的床，小混蛋，她说得跟我想和她睡一块儿似的，我们都说好了，我们互为玄孙玄孙女，或者她是我爸爸，我是她女儿，但是姘头我们绝对不当，绝对不！毕竟我们连继续摸彼此的欲望都没有，因为我们从小就没有生理性的好奇心，我们生来就被摘除了惊奇之叶，连灰烬都不让我们觉得惊讶……好吧，惊讶一小下，我想说的是，就算只看侧影，我也能认出伊克拉，但是洋妞我就认不出来了，现在，洋妞是那个主导者，因为她在上，没穿上衣，脱了胸罩，她胸口雪白，当然，这是我想象的，毕竟我什么都看不见，因为我的气息是黑色的，黑色的气息打在玻璃上，除了影子，我什么也看不见，两个身体重叠在一起，流浪的小猫就此相认，她们相互舔舐，她们皮肤柔软，小小软软更美味，没错，还有什么能比相互摩擦的皮肤更软乎呢，小伊把手指含进嘴里，她用湿漉漉的手指轻抚洋妞的双乳，然后往下摸索，她握住她的胯，最后向下滑去，她埋进她的身体，没错，看得出来，洋妞喜欢，我也是，因为我看得性欲勃发，尽管伊克拉是我的妹妹，我的玄孙，我的爸爸，但是，我照样性欲勃发，因为那是两具动物的身体，撩拨挑逗的身体，因为她们是孤独的，我就是这么想的，于是，我看到了我的小狗兄弟，看到了垂柳，看到了打在我背上的水流，我想起活死人的苟延残喘，想起河里的男人，想起我桌子上的绿色羽毛，小小的，软软的，没错，我感到双腿间涌上一股热流，一团火攀援而上，牵筋缩脉，燥热持久不散，我将其击破，灰烬从天而降，我将其击破，回忆接踵而来，我也将其击破，我想，我大可离去，将自己一举击破，一走了之，但是我不，我没走，因为如果我走了，我就会迷路，迷路的人已经够多了，我永远不会迷路，永远不。

（　）

　　我迟迟没能起身，直到地板的震动让我的灵魂得以重回赤裸的肉体。塑料杯子在地板上滚来滚去，扰人的声音回响在我的脑海：伊克拉。睁开的双眼，灰色的车顶，打着响指的手。醒醒，伊克拉，我们出智利了。帕洛玛出现在隔挡玻璃后。一块刚刚还不存在的隔挡。我坐起来，避开金属轨，套上衣服，看向前方。公路是群山之中的一道灰色细纹。菲利佩沉默不语，只是加速，加速到底。他的脸在后视镜里只露出了一小块：一只大耳朵，一条眉毛，一片胡楂。随后，我们开进一个大棚屋，胡楂消失在阴影中。

　　这就是边境线，一个没有灯的大棚房。当然，边境线也可以是别的东西：不可逾越的警方管制，带刺铁丝网，文件上的拇指指纹。它可以是一堵高墙（一座高不可估的山峰），让我们无法全身而入，强迫我们把自己的一部分抛在身后，比如一些词语，还有，生鲜也禁止跨境。

这些不过是可能性罢了，毕竟真正的边境线是一间遗弃的棚屋，再无其他。菲利佩停下车，让我重新回到他们俩中间，蹲坐在垫子上。不生气了？他问，你们俩昨晚过得挺好。帕洛玛假装没听见，我懒得跟他说话。房间里一片混乱，我不知所措（桌子上堆积的纸张，小隔间里有待处理的手续，被打断的动作，就像我母亲的祝酒辞，就像我们抛之身后的词语）。因为，无论如何，边境线是关于舍弃的地方。

又往前开了几公里，山路变缓。帕洛玛坐在车座边缘，头伸出窗外。她请菲利佩停下车，菲利佩却越开越快。我已经晚了，黄毛，你忍忍吧。帕洛玛坚持让他停车。她看向天空，或是惊奇，或是畏惧。她拉住我的手，一是让我离她近一点，二是让我也能看到外面发生了什么。我挤到她的座位上，坐在她身旁。我伸着脖子，想看个究竟。不知不觉中，我眼前的灰烬渐渐消散。一次海市蜃楼，一个弥天大谎。从中央到边缘，漆黑的天空缓缓破裂，先后透出白色、蔚蓝和深蓝。随后，天光乍泄，当日世界就此改变：金合欢澄黄发亮，山坡上土地微红，树木葱茏。菲利佩调整坐姿，一脚踩下油门。他想要逃离必然会降临在我们身上的东西：明亮浑圆的太阳，糟糕的太阳。

帕洛玛取出相机，拍了两三张照片：再次变白的山顶，进入门多萨的指示标牌。她请求菲利佩开慢点，说这样驾驶很危险，而且她连棵树都对不上焦。菲利佩却开得更快。你不是着急吗？他反问。他用浑身的力气死死抠住方向盘（指关节发红，发粉，发白）。眼前的风景如此静谧美丽，这让我能够理解菲利佩的愤怒。这样的地方我也不会欣赏。

我们把车停在门多萨中央广场对面。我们跟着人群车流移动，心照不宣地决定在市中心随意走走。仿佛之前的我们已经被抛在山里，现在的我们像是换了一拨人，在过分宽敞的人行道上漫无目的地游荡：五金店，药房，糖果铺，菜摊，又一个五金店。太阳照在人行道上，菲利佩躲在阴凉下行走（唯一可识别的线路图）。帕洛玛走在前面，她给我们加油打气，把适合我们的餐厅和旅店一一指出。她用手指打理头发，直到最后一粒灰烬也被清除。

走过几个街区，我们进入一家餐厅，点了三明治和啤酒。等待上菜时，我看起电视。一台老旧的机器挂在横梁上，横梁钉在天花板上。电视里正在播放国际新闻，画面中是普罗文登西亚街和萨尔瓦多大道①。

---

① 智利圣地亚哥的两条街道。

我起身向洗手间走去。一条过道把同一空间分割成两部分，过道尽头摆着一截胡乱缠绕的电话线，一个泛着油光的听筒和一本已经散架的购物指南。它们像神秘的宝藏一样吸引着我，让我挪动脚步。我在电话和卫生间之间犹豫不决，希望命运能替我随机决定接下来的行动。马桶的冲水声把我推向电话。我向服务员讨要几枚硬币。尽管手上的脏盘子已经堆到胳膊肘，她还是给我打了个手势，让我看到小费罐子里有两个没人要的钢镚。我站在电话前，不敢往身后偷瞄一眼（电视屏幕，灰尘，目光）。等待音响起，我想象出母亲家里的一系列场景：（响一声）吓一跳，（又响一声）疑惑，接下来的几秒里，她会站起身，离开房间，盯着电话，心怀恐惧，心怀期盼，仿佛在考虑自己到底是跳进河里，还是继续走在桥上。我想象到她接起电话，仔细聆听。我想象到，我口中的每一个词，穿越餐厅、街道和山脉的每一句话，都会永远地留在另一端，再也无法被我说出。进入我母亲家的每一句话都会消亡。我想象着我要跟她说些什么（又响一声），随便什么只要能替我脱罪（再响一声），但我什么都想不出来。无人应答，我挂了电话。

我回到餐桌。电视看得我入迷，新闻开始播报地震和暴雨，我为此深感忧虑。帕洛玛和菲利佩吵得火热，桌子上少了两瓶啤酒。我一落座，她便提议让我们一起制订计划（*制订*，她模仿着从动漫里听来的西班牙语）。我们要速战速决。她补充道。她向我投来眼神，她把我当成同谋，我不知该如何回应。我们找到她，然后放松几天。菲利佩咬了一大口三明治。洋妞，现在你着急了？我早就准备好了。他说完，把杯中的啤酒一饮而尽。

帕洛玛想去智利领事馆。立刻，我们现在结账，马上出发。来门多萨的途中，帕洛玛几乎没有主张过什么。一路上，帕洛玛十分平静，仿佛是移动的状态允许她想些别的事情（飘忽不定的想法）。可一旦我们停下脚步，她的任务马上变得刻不容缓。我跟她说她应该耐心一点：没有人会因为你的棺材丢了而放弃他的午休。连我自己都为这种惹人厌烦的态度感到诧异。我只是想解释清楚，对我而言，这趟旅行的意义在于移动本身，别无其他。现在，移动结束了，我不知道该怎么打发掉余下的时间（正好浪费六十秒）。她微笑起来，略带嘲弄。这时，我意识到，她不用跟我争辩，我已经向她屈服。

一栋衰败迟暮的大房子，肮脏的墙面，垂头丧气的旗帜（清晰的星星，若隐若现的星星，印在虚假蓝天中的白洞），这一切都符合我对驻某省领事馆的幻想。墨绿色的军制栅栏封住唯一的入口。门对面，几十位抗议者堵在警卫面前。警卫正在与抗议者对峙。门多萨跟智利的通讯已经完全中断，人们在此日夜等候，只为了得到自己亲友的音信：在利马切的亲戚，在洛斯安第斯的表兄弟，在塔拉甘特的侄子侄女，在迈普的儿女。他们想知道自己在里奥布埃诺的兄弟怎么样了，想知道自己在特木科和圣贝尔纳多的姐妹发生了什么。多揪心啊。一位女士挥舞着纸巾说，年轻人，难道你没有心吗？警卫给她指了指挂在右边的告示："受智利情况影响的人员的亲属（它就这么说的：*情况*），请在办公时间咨询领事馆。感谢您的理解与配合。"但没人离开这里。人们无动于衷，只是在房前冷漠等待（有一瞬间，我以为会有灰烬掉落到这栋房子上）。在这里，等待者们再次出现：他们分享三明治，分享洋甘菊茶，分享漫长的叹息。父亲们挥舞着拳头，他们越发消瘦，或是不安，或是厌烦。当然，这里占大多数的还是母亲们。那群冷静克制的女人严肃地对警卫发出质问，她们几乎是在咆哮。薄唇的母亲们，指甲咬秃的女人们。她们互相陪伴，共同等待，她们肩并着肩，孤注一掷，不畏牺牲（我远离人群，我听到家中电话铃声响起：伊克拉，我做这些都是为了你）。

我告诉帕洛玛，我们现在无能为力，办公时间已经过了，我们只能明天再来（常规渠道，帕洛玛，公文表格）。

我说服了她。表面上，我信誓旦旦，可实际上，我满脑子想的都是门口的告示，是挂断的电话，是我的母亲，是她在前院浇水。我想象着她一次又一次拨出我的手机号码，却只换来一句用户不在服务区。我想再给她打一个电话，拨出她的号码，跟她说，孔苏埃洛，是我，我没能把她给你带回来，我不知道英格丽德在哪儿，妈妈，对不起，我不知道你的那些东西在哪里，你的另一个时代的东西。随后，我想到帕洛玛，我想跟她说，让我们在门多萨多留几天，让我们在这里荒废几个晚上，几个星期，整个生命，让我们忘掉一切。一切的一切。可是，与此同时，我又期盼着截然相反的事情。怀着同样急切的心情，我想回家（回返，归乡）。

整个下午，我们都在同一条街道上徘徊。帕洛玛别无他法，只能选择等待。菲利佩紧跟在她身边，因为他不想跟我单独待在一起。仿佛是昨晚的争吵余波未平，一个不小心就会战火重燃。我沉浸在自己的想法里。在我看来，灰烬不是虚假的。恰恰相反，虚假的是没有灰烬，是干净的人行道，是蓝天，是像疮疤一样嵌在天空中间的该死的太阳。

傍晚时分，我们走到卡斯蒂略广场，决定在附近找个酒店住下。一栋过时但不老旧的典雅建筑出现在我们面前，门口两个大理石花坛还闪耀着昔日的光辉，石头台阶上铺着褪色的地毯。酒店叫"门多萨 IN"（是的，只有一个"N"）。我抬眼一看，发现它连一半都没住满。酒店前台在宽敞的大厅里，一个女人坐在服务台后，研究着自己的指甲。她留着短发，一侧剃光。她的指甲也被啃过，甲面上涂着黑色指甲油。她身后的柜子被分成二十个小格，一格对应一间房，房间钥匙挂在钩子上。我和菲利佩站到她面前等待（十六个钥匙环，一面破碎的镜子）。

我们有三床房、大床房、双床房和单人间。女人头也不抬地说，她一直在研究她的指甲。她的声音很耳熟。有什么我能帮您的吗？她又问道。她缓慢沉重的声调把我带到远方。那是一个同样沉重的声音，一个吸烟成瘾、嘶吼过度的人的声音。它带我回到我戴着牙套、胸部扁平的时候。那天，我看到一辆白色小货车停在母亲家门前。我穿着脏兮兮的背带裤走进家门，腋下都是汗渍。我看到菲利佩的奶奶和我母亲一起坐在客厅。他奶奶从头到脚打量着我，她布满皱纹的手里捧着一杯茶：伊克拉都这么大了？（她在话里巧妙地留出空隙，空隙里放不下，也不欢迎任何一个词语）我说是，我当然这么大了。她不再盘问我，转去跟我母亲说话。她说我看起来还是像个小孩。我站在那里，面红耳赤，但保持微笑。我在等待指示，等待暗号，等待母亲替我说句话，等她把我保护下来。可是，母亲连看都不看我一眼，她只是表示赞同。孔苏埃洛咬紧牙关，握起拳头，说，当然了，她就是个小孩，艾尔莎，他们都是小毛孩子。菲利佩不在这里，他正在客房里等着我，坐在羊毛地毯上，他想跟我们多待一会儿。几个月吧。他奶奶艾尔莎宣布道。这时，菲利佩开口了：就几晚，多谢。他要了两个房间，拍了下我的脑袋。别想有的没的了，伊克拉。因为我应该表现得聪明睿智，我应该若有所思，我不应该去想有的没的，我应该去想有的没的，横竖都一样。

帕洛玛想知道发生了什么。她拖着行李走过来，准备上楼，进房间，而菲利佩不怀好意的微笑让她好奇。菲利佩则毫不犹豫地替我回答。她没事。他说，只不过她比强力胶还黏人。

我脸上皮肤发烫，仿佛在警告我，不饶人的是他，不是我，此时逃跑无济于事。可我要说的话全部哽在胸口，它们变成一团粗糙的毛线球，无法疏通。黑指甲的女人仿佛能够看到我体内的那团话。她站在柜台另一侧，用眼睛仔细观察着我们，或是感到奇怪，或是出于好奇。这时，菲利佩捏起嗓子，用一种更尖利的声音对我说：估计她现在还在想妈妈呢，她的妈妈，好妈妈，亲亲妈妈，宝贝妈妈，妈妈妈妈。

　　嚷出那些难听的话并非我的本意，它们本应被我丢弃在国境线之外。那些不加修饰的话语从我嘴中喷涌而出，淹没一切。我无所谓，至少我觉得我无所谓。让我看看这话是谁说的？我直面菲利佩，每一个音节都被我注入愤怒。说这话的是小菲利佩，没人要的小孩，来去无牵挂的孤儿。菲利佩死盯着我，他那双充满压迫感的黑色眼睛既像他奶奶，又像我母亲，或许还像他的亲生父母。他问我：你什么意思，小浪蹄子？话语失去控制，冲出我的身体，词句空中飘散，像油，像脂肪，像岩浆，它把人灼伤，使人痛苦。我的意思是，你不用张嘴，你是什么孤儿，别人一看就知道。我就是这么说的：别人一看就知道，菲利佩。话音未落，我便反悔了，还未说出口的话也随之溃散（黑指甲敲着大理石桌面，腐烂的花瓣从手指上滑落）。帕洛玛担心地走过来，昨晚她那怀疑的态度也彻底改变。她试图劝和，用冰冷讨巧的话语让我们停止对峙。可她那句看似无害的话，只能让我们的内心更加痛苦：知道什么？

　　我低头看着地板。我们从来没有谈起过这件事。这是我们儿时的约定。那时，我和他坐在地毯上，我们假装玩耍，假装周围一片寂静，假装客厅里无事发生。我母亲和他奶奶大吵大闹，争执不休。我们不得不听见，不得不知道：我母亲必须照顾菲利佩，因为这是我们家欠下的债。你欠我的多了，这是最起码的。他奶奶艾尔莎说，我的菲利佩能摊上这种事，都是你们的错，孔苏埃洛，是你们非要卷进战争里，拿它当小孩子的游戏，你们这些活着的人，你们一定是做了什么手脚，错不了，你们肯定是动手脚了。我母亲和她解释：这不是任何人的错，你不懂，艾尔莎，事情很复杂，那是一个错误。那甚至不是她的错误，那是我爸爸的错误（是鲁道夫的，是维克多的，是维克多弄错了）。因为他被捕时，嘴里蹦出了两个词。那两个词像是一处翻译错误，像是一次口误，可接下来所发生的一切都因它而起。他说：菲利佩·阿拉瓦尔。连名带姓。两个单词，一具被清除的肉身。但这件事菲利佩不知道，他觉得我也不知道。或许，这件事根本不重要。或许，我们愿意相信它不重要。我们承诺不再谈起这件事，我们发誓忘了这件事，发誓不去回忆任何过去的事，我们未能参与的过去的事。可是，在我们的记忆中，那些细节是那么清晰，这一切不可能是谎言。我和他僵在原地。我的话语已经背叛了我，我无法将它们收回（名字，姓氏，钉在脚上尖锐的元音）。

知道什么？她又问了一遍。

菲利佩靠近帕洛玛，二人鼻尖之间的距离不到一厘米。他嘲讽地回答她：知道我们都死了，洋妞，死得透透的。他从柜台上拿起一把钥匙，快步走上楼梯，一步迈两级，一步迈三级。他用力地大笑，好让自己不哭出来。或许他并不想哭，或许他只是哈哈大笑，而真正想哭的人是我。

（我做这些都是为了你我做这些都是为了你我做这些都是为了你我做这些都是为了你我做这些都是为了你我做这些都是为了你我做这些都是为了你我做这些都是为了你我做这些都是为了你我做这些都是为了你我做这些都是为了你我做这些都是为了你我做这些都是为了你我做这些都是为了你我做这些都是为了你我做这些都是为了你我做这些都是为了你）

3

别人都知道……别人不知道，她什么时候这么有主见了？现在，她俩走在一起，相互挑逗，轮流发表自己的观点，真把自己当评论家了，夜郎自大，实际上，除了扰乱我的计算，她俩什么都没干，因为我们不是来度蜜月的，不是的，先生，我在工作，我在盘查，我得弄清这里有没有死尸，我得做减法，可是，清新的空气反而让我犯起糊涂，我的思绪被一团浊雾遮蔽，于是，我瞪大脸上所有的眼睛，试图穿越脑中的云雾，找到失踪的死尸，因为他们可能出现在任何地方，比如在绣球花的花粉里，仙人掌的刺上，沙漠的盐粒中，所以，我开始在门多萨行走，我要厘清自己黑暗的想法：都知道，都不知道，唯一陷进去的人是她，除了她，还有谁会在乎呢，伊克拉始终钉在原地，纹丝不动，而我一直在移动，我在街上行走，我时刻观察周围，因为时间和伊克拉一样背信弃义，固执地想要息事宁人，瞒天过海，她以为别人不知道，但谁都能看出来她怒发冲冠，没错，所以，小时候，我告诉她，走路时要看着地，要记得回避活死人的目光，不要那么听妈妈的话，要多跟野狗和草地鹨交流，因为我已经学会识别角膜上的谎言，而不是嘴上的，因为嘴唇太光滑了，我不喜欢光滑的东西，于是，我训练自己，我让自己能认出野狗和奶牛瞳孔中的愤怒，长着灰色眼睛的南方小奶牛，因为它们的眼睛不是白色，也不光滑，不，它们的眼白是铅灰色的，能滑动的，和生物课上的眼睛一模一样，一只散发臭味的眼睛，它是什么样，所有人确实都知道：脉络膜、黄斑中心凹和盲点，没错，一天早上，老师给我们带来了这只眼睛，精妙绝伦的眼睛，他跟我们说，一人一只，那时，小伊克拉还不那么傲慢，她孤独极了，只有一个朋友，一个女同学接近她，一个小矮个，她把指甲嵌进她的手掌，抠手女孩，她的朋友，当然，现在，她又跟洋妞一起混了，你一言我一语，说着事关重大，之前她不是这样的，所以，我还能跟她坐在一起，因为我们已经承诺过了，诺言就是债务，债务必须偿还，小教室里，我坐在她旁边，每个同学都期待着自己的眼睛，可是，发到最后，老师却说，不好意思，实在抱歉，没有足够的眼睛了，眼睛是永远不会够的，所以，我们不得不分享眼睛，两人一只，老师宣布道，我暴怒，但我咽下愤怒，因为无论如何，这只眼睛至少还在这里，在这间大教室里，在油毡桌面上，这只眼睛定定地看着我，完好无损的、硕大的、漂亮的眼睛，我战战兢兢地靠近它，我知道，马上它就是我的了，它的眼神指向了我，因为它就像一只仓鼠，一个耗子，一颗贴在桌子上的星星，小伊克拉和我坐得很近：她，眼睛和我，于是，我一把夺过眼睛，像逮兔子一样，把它握在手里，我抬起手，我近距离观察它，眼都不眨，眼对着眼，在涣散的瞳孔里，我看到了一只奶牛曾经看见的一切事物的一半：我看到白色皮肤上的黑色斑点，我看到烧红的铁块无情地接近，我看到胎盘、血和软组织从它体内掉落，我看到浓稠的淡黄色牛奶和吸吮它们乳房的生锈机器，我看到奶皮和溅上血水的白色围裙，也看到了一些美好的事物，比如粘在它蹄子上的泥土，裹在它耳朵上的露珠，从它脊背上空飘过的云，云朵轻抚着它，云朵也摩擦着我的脊背，轻抚着我，我看到一切事物的一半，我用手指夹住玻璃体，厌恶地捏了捏，因为光滑的东西让我恶心，没错，不过，我还是继续凝视它，因为奶牛也曾幻想过美好的事物：它梦想过无边的丰茂牧草，梦想过苍蝇们在它脖子上蹭脚，它也曾看到过悲伤的场景，让它痛苦的场景，比如枯竭的牧场和干涸的井，比如身体侧面凸出的肋骨，在一切的尽头，我看见许多奶牛排成一长队，头尾相接，它们老老实实，向前走去，在走廊深处，我看见一束光，那是刀刃上射出的寒光，屠刀被卤素灯泡照着，令人晕眩，刀片互相碰撞，发出尖锐可怕的鸣响，没错，那些奶牛的圆眼睛里没有一丝悲哀，没有悲哀，也没有恐惧，于是，我继续往下看，这时，部分出现了：那些倒挂着的部分，腿，脖子，剥了皮的脚，可怕的部分，肋骨，蹄子，尽管如此，尽管我觉得恶心，觉得害怕，我还是继续观察，因为这么奇怪的东西，我和奶牛都没有看到过，我触摸它的眼白和它眼中的血丝，我触摸它眼中的血管和它满是伤痕的虹膜，这时，我抬起头，看到身边的伊克拉，她像被催眠了一样，攥着一把手术刀，小心翼翼地拿过眼珠，她对我说，摸摸它的视觉神经，看看它是什么手感，她说着，偷偷摘下手套，先亲手触摸柔软的眼球，再去闻自己的手指，伊克拉就是这么做的，我看见了，她闻了自己的手指，又把手指一根一根放到嘴里吸吮，我一边左顾右盼，一边用手剥下角膜，把它据为己有，我就是这么干的，没有人看见，最后，老师给我们打了四分，因为卫生不合格，晚上，等孔苏埃洛和活死人睡了，我走进伊克拉的房间，给她展示那瓣角膜，小伊，你看我给你带来什么了，这是我们的，给你的，也是给我的，这样一来，咱们就能一直看见相同的东西，无论相隔多远，你看一半，我看一半，我把角膜捧在掌心给她看，仿佛这是一件珍宝，但是，她拒绝了，她说不，别想，太恶心了，她不想分享角膜，所以，我们看见的东西是不一样的，因为伊克拉只有一双深棕色的眼睛，她的眼睛只会看向她的好妈妈，亲亲妈妈，宝贝妈妈，她跟我说别人都知道我是什么人，搞笑，我是唯一一个干实事的人，我处理当务之急，我找到死尸，减去他们，我有这么多眼睛，谁能知道我的哀伤呢，因为所有人都知道：人的痛苦都写在眼里，可我有千百万双眼睛，因为，尽管伊克拉不愿意分享角膜，不过我不在乎，我一个人钻进小厕所，用钥匙锁上门，取出角膜，把柔软的小膜瓣抵在舌尖，我就是这么干的，因为我想看见我体内都有什么，因为我没有感觉，没有，而人的感觉都藏在身体里面，所以，我伸出带着角膜的舌头，我看着镜子里的自己，在舌尖上，我看见了自己的半张脸，看见了我曾经看到的一切事物的一半：我看到我的野狗们，每一朵被掰断的花，散在地上的花瓣、萼片和雄蕊，我看到复活的母鸡，坟坑里成百上千的骨头，我看到草地鹨，大叶草，未完成的减法，我看到我奶奶艾尔莎，堂弗朗西斯科，我看到我妈妈再次死亡，我也看到我爸爸，但他不是完整的，不是，我看到的是他的部分，部分，部分，我不喜欢部分，所以，我把角膜吞了，就这样，不用水，角膜是咸的，它滑过我的喉咙，它带我看到了沿途的风景：我看到了我柔软的内壁，它在黏滑的隧道里悲伤地摇摆，它在粉红色的液体里航行，我看到了屎块、血块和撕裂的肌肉，我看到了那些失踪的想法，夜晚的想法蜷缩成一团，躲避着白日的追踪，接下来便是黑暗和溶解，因为角膜破碎了，它化为千百万个微粒，漂浮在我的血液里，每颗微粒都蜷缩进我的毛孔里，于是，我的皮肤上生出了眼睛，所以，我能看到他们，因为我有不同于常人的视角，我的每个毛孔里都有一只小眼睛，它们都来自于那瓣角膜，如果有死尸，所有眼睛都会让我看到，可是，在这里，在门多萨，没有死尸，没有，门多萨只有空气，过多的空气，让我窒息，让我气竭，过多的空气，我想抽烟，大抽一根，我想隐藏在烟雾里，呼气，彻底消失，吸气，不再感受到一丝氧气，因为，这里没有灰烬，只有太多的空气，没错，太多的空气。

（　）

　　那件事发生在爸爸下葬以后。那时，我每天下午都靠在窗边，我保持平静，一次又一次地对自己说，我很好，非常好。那个冬天，我和菲利佩在同一所学校。一个课间，上课铃打响、孩子们排队进入教室之前，菲利佩沉默地盯着几个小孩，小孩们在不远处做游戏。他无数次向我重复他的想法：我们要收集伤疤，伊克拉，我们需要真正的伤口，我们需要一个巨大的创口，让别样的痛苦寄居其中。你随便选一个，小伊。他指向一群正在跳绳的小女孩。你选一个，狠狠揍她。他把手比成手枪的样子，瞄准另一个胖胖的红头发小男孩，男孩正在扮演守门员，汗流浃背。打折他的鼻子，把他的眼珠从眼眶里挖出来，把别针插进他的指甲里。握紧拳头，停止思考，挥拳就是。他在我耳边悄悄说，一字一顿。你别担心，人都有防御性反射，我敢说，他们只会更猛烈地反击你。我告诉他，我对打架不感兴趣，我也不会动拳头，而且我感觉良好（没有感觉，我没有任何感觉）。我没能说服他。菲利佩看向我，仿佛这是他第一次看到我，仿佛这是他最后一次看到我。他像一个陌生人。他没再多说一个字，他闭上眼睛（闭上嘴，关闭整个身体），助跑，用尽全力把我推倒在地。我摔在地上（地板神奇地出现在我的背后）。我的脑袋撞在水泥地上。我的手指在地上乱抓。我听到后背和地面在摩擦。我睁开双眼。我们周围，几十个孩子激动地围成一圈，红头发小男孩哈哈大笑，三个青少年用手指着我，小小的牙齿，脏兮兮的指甲，他们尖叫连连。这一切都在宣布，这是一场战斗，我的战斗，我身体的战斗。因为菲利佩正压在我身上，他那双盲眼正对着我，从来没有人像他一样打过我。他拼命拽住我的头发。他的膝盖死死地顶住我的胃。他的拳头砸进我胸口。几秒之后，我的反射系统开始觉醒。我垂死挣扎，挣脱开菲利佩，挣得他松开拳头，挪走膝盖。当我终于能够移动，我开始深呼吸（泥土，鼻涕，恐惧），深呼吸，我转身，用尽浑身力气（未知的力量，危险的力量）趴到他身上，把他按倒在地，我瞪大双眼，大脑一片空白，我只是像他教我的那样行动，快速，敏捷。我打他，就像一个人在打自己深爱的人。我揪他的头发，抓他的胳膊。我的指甲嵌进他的脸。我的膝盖跪在他的裆部。我的牙咬着他的肩膀。我打他，打到我失去知觉。我能感受到的，只有一阵剧烈的疼痛，以及在我手上和我肮脏滚烫的脸上蔓延的一股湿黏。他毫无反应。他告诉我的不是真的：他没有防御性反射。菲利佩一动不动，他睁开眼睛，十分享受，仿佛被我击打、被我吐口水减少了他的孤独。菲利佩在我的愤怒中摇晃，他全身沾满泥土和血，缓慢地呼吸着。这时，他微笑起来。没有人把我们分开。一番厮打之后，无法抗拒的疲惫让我不得不停手。我倒在他身旁，疼痛灼烧着我的每一个指关节，不可抑制的悲伤令我陷入迷狂。我们从不谈起这次斗殴，但有些东西在那一瞬间刻下了烙印。那是一个漫长的停顿，我和他面朝天，喘着粗气，其他孩子失望地走远，微红的树叶在我们头顶摇曳。后来，我坐在灵车里，那辆灵车突然成为了我们的移动居所，我进入一场搜寻表演，这场表演把我们再一次，也是最后一次联结起来，我们暗中搜寻她的尸体，加速逃离湛蓝可怖的天空，我听到远处的树叶窃窃私语，这时，一阵似曾相识的眩晕向我袭来。

我们的上午在沉默中度过，或者说，在虚假和平中度过。灵车接近机场装卸区，我看到跑道入口有警卫值守。警卫身着橙色工作服，戴一顶黑帽子，他头上扣着一个大耳罩，用来隔绝涡轮机发出的噪声。警卫在闸杆旁的亭子里待命。一辆油罐车开来，他抬起金属杆放行。我们开车靠近，他放下闸杆，叫停。*管制区域，闲人止步*。一旁的告示牌预示着说服警卫并非易事。菲利佩停车，帕洛玛坐立不安，她求我跟他交涉。毕竟，去机场的主意是我出的。

警卫上下打量我一番，连招呼都不跟我打，他的眼神迫使我去寻找一些暗示（一句生硬的话卡在嘴边）。顶着僵硬的笑容，我努力用最自然的方式跟他交流，想要打听出被取消航班上的托运物都保存在哪里（与遗体、尸体、死尸和英格丽德相比，托运物听着更顺耳）。警卫迟迟不肯开口。为了缓解尴尬，我再次主动搭话。我告诉他，灰烬掉落引发了紧急情况，况且她女儿也跟她一样，都是从德国飞过来的。他摸了摸下巴，皱起眉头。什么情况？（他的音量与发动机的轰鸣不相上下）。智利的灰烬。我抬高声音回答他（传递不到的声音）。什么？他从工作服里掏出包烟，很快，他周围烟雾缭绕。对于刚刚穿山越岭到这里的人来说，这可不是一个好玩笑。我坚持向他解释，说我们不远万里来到这里，就是为了这个，为了领走一个女人的遗骸，为了英格丽德……说到这里，我感到错愕，因为我终于意识到，这是我一直以来的疏漏、疑惑和无知。帕洛玛替我给出答案：英格丽德·阿吉雷。帕洛玛探出车窗，念出她的姓名。

阿吉雷。

直到此刻，她才有了姓氏。那是关于鲁道夫、孔苏埃洛、英格丽德和汉斯的故事，那是用其他名字写就的故事，那是我们父母在成为我们父母之前，用另一个名字创造的故事：维克多、克劳迪娅，无根无源的名字，后继无人的名字，缺乏姓氏的名字。这些名字给他们带来一丝虚假，一些轻松自在，让他们至少在某一瞬间、某一刹那能够觉得，这一切不过是一场弥天大谎。只有小说人物才能有名无姓。维克多或克劳迪娅是无法存在的。可英格丽德·阿吉雷确确实实是死了。

警卫的眼神让我害怕。我怕他告诉我们她在哪儿，怕他把跑道中央的一具棺椁指给我们看（棺木在空荡的机棚里游荡）。我怕我们找到她，我怕我们不得不回到智利，通知我母亲，说我们给她带来了她的朋友，她的同志，她的英格丽德·阿吉雷。警卫抬起一只胳膊（我觉得他的手指向了一个地方，那是结局所在的方向）。文件呢？他向帕洛玛伸出手。帕洛玛越过菲利佩，半个身子伸到车窗外。你们带表格了吗？听到这话，我才想起那些规定流程、既定程序、常规渠道和关于死亡人员归乡的条例。我们没有文件，没有文件，就没有死人。警卫也是这么说的：我无法向你们提供任何信息。他收回手，落下机场入口的道闸杆。

菲利佩有些恼怒。怕什么来什么。他拍着方向盘嘟囔道。帕洛玛骂了一声"Scheiße"[1]，然后瘫在坐垫上。我努力掩饰自己的轻松喜悦，提议尽早回到城里。毕竟继续在这里纠缠警卫也没有意义，他正挥着手让我们赶紧倒车，从入口退出去。

我们回到市中心，在门多萨乱逛，不知道该做些什么。人们遛狗，遛孩子，一边遛狗一边遛孩子（没有灰烬，没有死去的母亲，没有不接电话的母亲）。这里的一切都正常得令人生疑。不过，菲利佩还是不理我，帕洛玛还是垂头丧气。她又变成了那个死者的女儿，她的哀痛在怀疑和忧伤之间摇摆。或许，事情到了这般地步，她已经后悔来到智利，后悔没有把英格丽德葬在柏林。在柏林的墓地里，她的姓氏一定更为别致，她的墓碑一定比别人的更为显眼。或许，她埋怨自己没有把她火化，没有把她的骨灰随身带上飞机。谁知道呢。但灰烬里面飞骨灰也是有些夸张了。

只有我在享受这趟短途旅程。我们至少还要在门多萨

---

① 德语，意为"他妈的"。

多留一天（另一个没有电话的早晨，没有暴雨的早晨，没有八个半街区要走的早晨），所以，我兴致勃勃地走街串巷，跟帕洛玛评论这里的街宽，跟她说，对于一座小城市而言，这里的人行道实在是太宽了。我跟她聊公交，聊斑鸠鸟，聊杨树，聊商店。她无动于衷。我想要拥抱她，她却只还给我一个勉强的微笑，这令我瞬间灰心丧气。

我们来到圣马丁公园，公园入口立着纪念性铁门。我靠近帕洛玛，准备最后一搏。我忧心忡忡地跟她说，可能你母亲已经丢了，可能，只是可能，可能你没法把她葬在圣地亚哥了，咱们等到灰烬过去，再想别的办法。帕洛玛甩开我，把我扔在几米之后（我清点出三只鸽子，它们正在抛弃年迈黯淡的柏树）。我们在公园里转悠了一个多小时，直到傍晚来临。菲利佩终于结束了他荒谬的冷战，他从昨天晚上就开始自导自演。现在，他建议我们找个酒吧。他说，我不是来这儿浪费时间的。况且这里的空气很奇怪，你们感觉不到吗？他挥手驱赶着想象中的蚊虫。我说：太多了。他表示赞同。空气太多了，就是这样。他向一个女人走去，女人在公园出口抽烟，她涂着亚光深红色口红。黑暗突如其来，她的嘴唇由红变黑，让人觉得阴森。她吸烟时，嘴唇仿佛要从脸上掉下来（嘴唇留在滤嘴上：有嘴唇的女人，没嘴唇的女人）。菲利佩想要向她借支烟，他试图用笑容散发魅力，但这招没用。女人拒绝了，她给我们指了一扇门，说我们想要的所有东西，门里都卖。

一扇木门之后是另一道金属门，门板下方被踢得坑坑洼洼。微弱的灯光点亮神秘的另一端，洒在地板上的啤酒气味甜腻。一间小屋出现在我们面前，屋里看起来像是凌晨三点。

酒保给我们倒酒，向我们提问。他从身后半空的高柜里取出一瓶酒，凭借肌肉记忆给我们三个倒上威士忌，看都不看杯子一眼。他问我们是不是智利人，是干什么的，男朋友在哪儿，他说我们这么漂亮，真是可惜了。帕洛玛连忙澄清，说自己是德国人，然后不再吱声。她起身向台球桌走去，示意让我跟着她。台球桌旁，我们喝下第一杯威士忌，讨论现在是打盘球，还是好好看住菲利佩。菲利佩半个身子探过吧台，跟酒保攀谈起来。他们高声交谈，然后一起笑了出来。酒保给菲利佩拿来几瓶不同的酒，菲利佩将信将疑地闻过每个瓶口。然后，他们双手紧握，酒保交给菲利佩一包烟和一瓶烧酒。菲利佩先是给自己倒了一杯，又续了两杯。接着，他走向帕洛玛，把酒瓶塞到她嘴里。这首歌献给你。他说着，取下她的相机。我之前没注意到，原来她脖子上还挂着相机。

我认出了这首歌的鼓点。*很近，很近*。我注意到吧台边一个女人正观察着我们。我记得她的黑指甲，现在，那副黑指甲正敲着桌面。*我不想再保守秘密*。我微笑着跟她问好。她的目光越过了我，望向我背后：那是菲利佩，瘦削又严肃，借酒撒疯。他唱着歌，或者说是喊着歌，手里玩着焦距镜头。*我那令人难忘的钢铁之躯*。菲利佩用歌者的声音吟唱道。他靠近我，对着我喊叫。仿佛他脑内所有声音都在骚动，他想用自己的声音压过它们，却徒劳无果。*我们都已经对此上瘾*。我不记得他说了些什么。*对这虚伪的游戏*。他的手捧起我的脸，他把我的脸拉向他的脸，把我拉向他。喧闹的音乐吞噬掉他的话语，尽管他的双唇就在我眼前移动。我想，他是在说我们之间的矛盾，但这已经不再重要。无所谓了，菲利佩。我喊道。我从他冰冷的双手里挣脱出来，喝下几口烧酒。不重要了。我重复道。我看到黑指甲女人向我们走来，她的身体贴着菲利佩蹭来蹭去，然后又拿起帕洛玛的手，在她耳边说了些什么。帕洛玛在酒吧中央，她闭上双眼，尽情舞动，她抬起双臂，摇摆腰胯。*诱人之物不会出现*。我靠近她，强装出我根本不具备的热情，我放任自己被她的舞步感染，但我做不到。她的舞蹈并不合拍，甚至跟耳边音乐的节奏旋律没有关系，她遵循着秘密的节拍，内心的节拍。*总是不会*

出现……在你能想到的地方。黑指甲女人回到吧台。我感觉到帕洛玛握住了我的手腕，我看到她抓住了菲利佩的胳膊，她把我们拖向她。我们离开舞厅，穿过走廊。*灯光，相机，动作*。帕洛玛别上身后的门，打开灯。那是一盏白灯，极白的灯光，用于审问的灯光。

音乐声渐远。我们把自己关在一个小卫生间里，一股浓重的人肉味。垃圾桶已经堆满，涂鸦铺满墙纸，没盖的马桶里挂着屎，水龙头漏水，令人抓狂的水珠滴落在洗手池。帕洛玛说她给我们准备了一个惊喜（一个小惊喜，她说，轻描淡写她的秘密）。她慢慢打开背包，眼中闪过一丝狡猾。她拿出一个垫在包底的圆形物体：一个藏青色的圆球，一团厚袜子。我和菲利佩对视一眼。我们的关注让帕洛玛十分享受，微笑从她嘴上绽开，笑意铺满全脸，她露出那排使用过度的牙齿和舌尖上的银环。她小心地拿着手里的蓝包，像耶稣分五饼一样，在我们面前郑重其事地打开它。一个镀银小瓶出现在包裹中央。微缩瓶子。*诱人之物不会出现在你能想到的地方*。菲利佩把小瓶从她手里抢走。这是？菲利佩转着瓶子，瓶内形成漩涡，一场巨大的龙卷风。我妈妈的解药。她说。但我听到的是另一个东西。我听到的不是解药，我听到的是毒药，她妈妈的毒药。瓶子停在菲利佩手心（瓶中液体还在疯狂旋转）。

菲利佩问她这是什么解药，有什么功效。他试着解读瓶子上的德语标签，标签上的红圈是危险的标识。帕洛玛没有回答。她眯起眼睛，高傲地看着我，像多年前一样。她从菲利佩手里夺回小瓶子，她举起它，做了个干杯的姿势，面无表情地喝掉小一半。Prost。她说。她妈妈的解药。一瓶被带到葬礼上的毒药，就此她便可以抛掉一切，不再保留她母亲的任何痕迹。不，或许，她在英格丽德死前就把药拿了过来，用它碰杯，以之疗伤。菲利佩把小瓶子从她手里抢走，他闭上眼，喝了两口，把瓶子交给我。瓶身温热，液体在瓶底摇荡。我把瓶口抵在鼻尖，平淡的气味，没有气味，圣地亚哥的气味。我不再多想，把剩在瓶中液体全数喝下。残酒，我喝的是残酒。甜腻的残液包裹着苦涩的余味，刺激的味道划过口腔，我猛地闭上双眼。

前几秒并没有发生什么。万物平衡。我问帕洛玛她妈妈究竟死于什么癌。你马上就会知道了。她说。但说出这句话的已然是另一个人（一个被羊毛包裹住的声音）。一分钟之后，你们就会知道是什么癌了。浪费了一秒钟，一秒，又一秒。我读起墙上的潦草字迹。*佩吉，我爱你。你在看什么？滚出去*。我想要知道那是什么病，我想要对症下药：吃什么才能治愈那些混乱、变异的细胞。我想知道帕洛玛想要治愈我们什么。*滚出去*。喝什么才能抵御那些入侵的细胞。*你在看什么？* 突然间，墙体变了，气味变了，光线变了。

我的指尖。一些清晨，我身体的某些部分不愿醒来。就是这种感觉。麻木，我的指肚，我的双手，我的手腕，轻微的恶心。我的胳膊，我的脖子，我的胸口。我的躯体逐渐抽离，缓缓升起。或许，是我抛弃了我的肉体，我飘浮在躯体上方几厘米。不错吧？一股热流让我温暖，把我擦除。你他妈的，洋妞，太够劲了。血液更加缓慢黏稠，灿烂夺目的色彩。色彩。你看这些色儿，洋妞，她得把所有癌症都得了个遍（眼皮癌，鼓膜癌，指甲癌）。我跟帕洛玛说我毫无感觉。但我听到的是另一个声音从我身上飘离。帕洛玛还是很安静，她的蓝色雀斑，那双说着让人无法理解的话语的黄色眼睛，字母们挂在墙上，它们被某种语言绞死了，那种语言我听不到，我也听不懂。我看不清四周的墙壁在叫喊些什么。一切都是模糊的。墙壁正在偷窥我，我不过是一缕青烟。我无法清点出任何东西。我的想法都溜走了。没有感觉。这种病的解药是没有感觉。

菲利佩想关上灯，但帕洛玛不让。我似乎听到她说她想让我们看火，我不确定。她靠近我，拿起我的手，她把我的手放在她脸上，把我的两根手指塞到她嘴里。我应该感受到的是她柔软的舌头和埋在舌头上的光滑金属。但我真正感觉到的东西却完全相反：她的手指塞进了我的嘴里，那块金属穿过了我的舌头。她在移动，像慢动作一样移动，她的手指抚摸着我的胳膊，抚摸着我的手，那只不属于我的胳膊和那只不属于我的手。她面无表情地看着我，雀斑打穿了她的前额。菲利佩嘟囔着让人听不懂的话。水真好，水真干。他不停念叨。他不再多说，他接近我，捏住我的后颈，给了我一个吻。我好像感觉到了他的胡楂，感觉到他的嘴唇压在我的嘴唇上。或许，我感觉到的是其他什么东西。或许，是他亲了帕洛玛，而那个吻又传递给了我。或许，是头顶那片令人头晕目眩的灯光亲吻了我，毁灭了我（光束漩涡把我点亮，把我点燃）。看着我。菲利佩说。我抬起眼睛，看到他的双臂和双手都颤抖不已，仿佛转瞬间就会裂成千百万个碎片。看着我。他重复道。他茫然恍惚，身体痉挛。他不是在跟我说话，也不是在跟帕洛玛说话。看着我。他魂不守舍地命令道。我看到他在跟镜子说话：看着我，混蛋，你也知道吗？

帕洛玛靠近他，仿佛那个命令是下达给她的。她走了几步，探过头。她看着他，却不是用眼睛。她对准他，按下快门。她的相机是这厕所里唯一坚固的东西，它一次又一次发出相同的呻吟。嗒。嗒。嗒。三秒流逝。嗒。嗒。

嗒。菲利佩绝望地对自己重复着同样的命令：看着我。我向镜中像飘去，映入眼帘的是他的脸：一双不对称的眼睛，一对乌黑的弓形眉毛，鼻子周围起皮的深色皮肤，一个过大的鹰钩鼻，涣散的瞳孔装在歪斜易碎的眼球里，柔软光洁的皮肤，没有络腮胡，也没有山羊胡。我看到的就是这些。那张脸上没有一点胡楂。因为我从镜子里看到的，不是他成人之后的脸。那是一张更粉嫩、更圆润的脸。那是他儿时的脸。我看到的就是这些。我害怕。尽管我的胃还没做出反应，但是我仍然能够识别这种恐惧。可我把恐惧放在一边，继续向镜子飘去。我想看到自己，我坚信在镜子的另一边，我会找到被关押的自己：我粗硬的黑发，我睡意惺忪的双眼，我悲伤的双眼，一双透过镜子审视我的双眼。我靠近镜子，尽管我害怕。我向前飘浮，直到额头抵住镜面。我停在镜子前。我的心脏剧烈跳动。我嘴唇干裂，双手紧握。我睁开双眼（我渴望清点自己，结算自己，重塑自己）。

但我不在镜子里。

没有人看向我。

2

　　琼浆玉液，它滑过我的舌头，可入口之后，它竟化成了带刺的水，锯齿状的水，磨砂水，岩浆水，坏水，它刮挠着我，像没剃好的胡子，舌头在嘴里移动，仿佛长了逆鳞，舌头开始淌血，我剧烈燃烧，那一小瓶液体点燃了我，它看似冰冷，实际上却滚烫灼热，外人不会知道，当它流过我的喉咙，穿过我粗糙的食道，它便立即开始燃烧，像强光，像炸裂的闪电，闪电刺激我的眼睛，光剑锋利，钉住我的身体，我离开厕所，它纠缠不休：滚蛋，让我一个人待会儿，我看向伊克拉，但是她没有看向我，她不看我，因为她的眼睛掉到天空里去了，我没法把她的眼睛钉在眼眶里，眼珠子掉了，没有钉子固定，所以，眼睛飘了起来，我也飘了起来，我浮在空中，跟白色液体一起，我攀上了光，没错，方形的灯光，在酒吧里闪耀，光里装着圣地亚哥的灰烬，好好看看，意大利广场，肮脏无比，镜头脏了，放大，缩小，再放大，黑屏了，因为电视机熄灭了，我也熄灭了，这时，音乐开始了，一首尖锐的歌，像角，像狗的嗥叫，像救护车的呼号，像正午的想法，时限将至，因为已经有三十一岁的死人了，没错，可是这里没有死人，我渴了，这是我唯一的感受：我渴得发红，所以，我还想来点苦水，这种小液体能治愈我，再给我点，小帕洛玛，你在哪儿？别犯坏，但是洋妞不在，那个想治愈我们的洋妞又跑了，一滴解毒剂都没给我留，她只把那个小瓶子留给我，空空荡荡，曾经，解药就装在这里，漩涡阵阵，我喜欢漩涡，因为它永远不会终结，因为我痛恨会终结的东西，我喜欢永恒的故事，讲不完的故事，没错，比如橡皮树、榕树和马波乔河的漩涡，但是，实际上，马波乔河里没有漩涡，因为没人分得清哪里是河，哪里是岸，因为没人真把那条河当回事，没有人，除了我，我想让它旋转起来，转成龙卷风，在巨大玻璃杯里翻滚的龙卷风，河水倾泻而下，马波乔河里所有的水，像瀑布一样，我转动瀑布，转着转着，将其一饮而尽，唰，我喝下液体，跟花冠和目光悲伤的野狗们一起，野狗兄弟们观察着我，瞪着它们黑水一般的眼睛，它们的爪子挠着我的脸：兄弟，智利小伙，你没事吧？我感觉不到自己的皮肤，感觉不到自己的膝盖骨，我只能感受到一团碎片和开裂的嘴唇，兄弟，给这智利小伙拿杯水，看他都虚成什么样了，我的喉咙、我的食管和我的胃都消散了，我感觉不到自己的蛋和自己的大腿，我的夜晚的想法和我的计算也一同消失了，跟智利小伙说，让他来吧台，这儿，来来来，坐这儿，因为我已淹没在漩涡之中，漩涡污浊，我已被治愈，没错，思想软化，像粉红色泡泡糖，我的想法拉抻伸展，贴合我的头颅，我头皮发麻，像有蚂蚁爬过，全都是蚂蚁，全他妈是，都在颤抖，整个星球都在颤抖，因为我什么都感受不到，感受不到整体，感受不到部分，感受不到真实，感受不到虚假，什么都感受不到，我已被治愈，没错，因为洋妞的解药治愈了我，所以，我的眼皮是幕布，幕布之后，我的黑暗想法通通被照亮，我想把它们藏起来，因为吧台边有一个男人，没错，他的胡子上爬满蚂蚁，嘴唇上也爬满蚂蚁，那些蚂蚁太黑了，黑得让我害怕，你还好吗，智利小伙？蚂蚁在舞蹈，声音支离破碎，言语埋藏在我的瞳孔里，跟我的黑暗想法交战，火光四溅，我用手紧压眼睛，我想把它们隐藏起来，想把自己隐藏起来，爆炸了，没错，我的眼睛炸成千万片天空，深呼吸，就这样，深呼吸，智利小伙，但是我不想呼吸，我想尖叫，我想大声哭号，但是，我的声音不见了，我找不到我的声音，它藏在扁桃体下面，藏在阴影里面，它遁形于夜晚的黑暗想法里，该死的黑暗想法，真他妈的，发生了什么，我看不见了，我已被治愈，他们给我倒了杯水，水是稠的，水是干的，那个男人碰了碰我，他碰了碰我的肩膀，我的肩膀重新出现了，呼吸，他说，我的肩膀重新出现了，没错，呼吸，就这样，终于，我的肩膀又存在了，我身体上其他部位也存在了，空气是一把锯，劈裂我，打开我，就这样，多喝点水，智利小伙，那个人看着我，我拉开我的幕布，遮盖着千百只眼睛的幕布，我认出了他，那个男人我之前见过，没错，我深呼吸，现在，水是甜的，水是湿的，男人微笑起来，好点了吧，智利小伙？刚刚你差点死了，现在好了，他的牙像不发荧光的萤火虫，我的身体内部已经完全熄灭了，看起来她们把你一个人扔在这儿了，确实，她们把我一个人扔在这儿了，比单根的筷子还孤独，因为伊克拉不在，洋姐能到圣地亚哥都实属运气，你们要找的货怎么样了？阿根廷男人问我货物的事，我不知道，你知道啊，你别装孙子，我耸耸肩，因为我的肩膀也回来了，我皱起眉，因为我的眉毛也回来了，眉毛之后是我的想法，那些想法是橙色的，橙色的想法，橙色的，橙色的，一个穿橙色工作服的机场警卫，没错，我看着他，我知道那就是他，我面前的男人是机场警卫，

171

栅栏后的守卫，没错，黑蚁肆虐，因为我认出了那群黑蚁，它们就在鹰钩鼻下面，我认出了它们，现在，它们不足以让我害怕，他问我有没有在机场找到想要的东西，现在，我知道他是在问我那个死尸，那个在逃死尸，那个固执的死尸，再来一轮？液体是金色的，死尸不在，死者不在，但我必须要减去她，听着，我知道说话的人是我，那是我的声音，它不跟我捉迷藏了，它造反了，它跳出来反抗治愈我的液体，它回归了，它要说减，减掉她，我反复说，男人跟我说话，语速飞快，但是我没听，因为他用睫毛和鼻子上的毛孔说话，他用橙色制服跟我说话，用他的皮肤和红色的骨头跟我说话，他在跟我说话，因为他嘴唇上有一团蚂蚁摇摇摆摆，它们跟我说，没错，智利小伙，去吧，去找吧，因为人，该埋在哪儿，就得埋在哪儿，他说，金黄色的杯子装满了黑色蚂蚁，我们这儿的死尸已经够多了，他说，我们这儿的死尸太多了，但是，我不知道他是真的说了这些，还是什么都没说，我不知道他有没有让我明天一大早去找她，去七号仓库，智利小伙，记得住吗？七号，我重复道，七号，七号，七号仓库，没错，但是，我的复述是无声的，因为它又走了，我的声音又藏起来了，它蜷缩在我皮肤里成百上千只眼睛和我千百万个黑暗想法之间，我的声音藏在我的骨头里，我感觉到一阵寒冷，可怕的寒冷，我感觉双腿之间涌起一条坚硬的河流，一股水泥浪潮从后脚跟开始上涌，一场海啸，我的小腿肚、膝盖、大腿和蛋都麻了，水泥攀上我的腹部，冻结我的胸口，我的脖子僵硬了，我咬紧牙关，忍着不吐出来，你还好吗，智利小伙？吐，没错，吐到什么都不剩，吐到没有三十岁的死尸，三十岁，三十岁，吐到没有威士忌，没有红酒，没有水，吐到没有解药，没有白色液体，没有唾液，没有胆汁，没有血，吐到没有身体，没有灰烬，没有飘着锋利手锯的酒吧，吐，清空自己，把拉起红色警告旗的日子清除出我的身体，我的呕吐物也是那样的红色，岩浆该有的红色，岩浆不在这里，因为岩浆不存在，因为我们不知道它从何处而来，不知道它在哪里喷涌，那股苦涩滚烫的液体，它升腾，翻滚，撞击着厕所里光滑的白墙，我他妈是怎么走到厕所的，我他妈在哪里，操他妈的，我想要睡觉，我想要一觉醒来之后没有死人没有河流没有眼睛没有声音没有。

（　）

醒来时，我不知道自己身处何方，不知道自己在哪座城市哪个酒店哪个房间的哪张床上。帕洛玛在我旁边酣睡，一丝不挂。她斜叉着腿，使我不得不蜷缩在床的一角。她嘴巴半张，眼皮微微颤抖，好像梦中有一束明亮的光，让她头晕目眩。我盯着她看了几分钟，按下冲动，不去问她有关酒吧卫生间的事。我几乎想不起来我们是怎么回到酒店的，脑子里只有零散的片段，比如我们在空无一人的大街上蹒跚而行。我决定叫醒她。我的手靠近她，拍了拍她的肩膀（她的肌肤光滑如丝，细腻得让我吃惊）。她没有反应，于是我开始摇晃她。这时，我突然发现，我的手有些不对劲。这双麻木的手仍然迷失在酒吧的某个遥远角落里（一点点被擦除，一块块被删去）。

菲利佩面色凝重，他站在床尾观察我们。起初，他没发现我醒了（我可以偷瞄到他孤单的脸，悲伤的脸，大人的脸），但下一秒，我们便四目相对。他冲我眨了下眼，手指向帕洛玛。你个小浪蹄子！他大喝一声。突如其来的叫喊吓了帕洛玛一跳，她从床上弹起来，坐在床边。菲利佩一边鼓掌，一边发布当天的行动计划。好了，小姑娘们，起床了。他拍着手命令道。与此同时，我周围的一切都已经回归原位：床单，装饰画，帕洛玛的后背。她舒展身体，站起身，向厕所走去。我也回到我躯体里，尽管这副身体好像有些狭小，像紧身套装一样，束缚住我的后背。我揉了揉眼睛，驱赶睡意。彻底苏醒之后，一种全新的感觉拍打在我身上。我感觉良好，非同寻常地良好。我很好，我很遥远。

菲利佩在房间里踱步，从一角走到另一角。他不停拍手，让我们别拖太晚，催我们赶紧上路。他连敲两次厕所门，终于把帕洛玛请了出来。帕洛玛睡意未消，神情烦躁。她伸着懒腰，头发乱糟糟。菲利佩宣布，他给帕洛玛准备了一个惊喜。但是，洋妞，首先，咱俩得做个交易，你再给我点你家老太太的解药，我告诉你我的惊——喜——。帕洛玛看都没看他一眼。她套上昨天的衣服，憔悴地坐在床上。她告诉菲利佩，解药她也只剩一瓶了，可这一小瓶，她更想留到那个晚上再打开，我们找到她妈妈、带她回到圣地亚哥、把她埋葬之后的那个晚上。她说这种东西很难找，让菲利佩别要求太多。菲利佩也没再坚持。但等帕洛玛再次进入厕所，他就趁机打开她的行李箱，在她的袜子里翻找。排除几双错误选项，他终于找到了他想要的那只袜子。他得意洋洋，拿着那只袜子在耳边摇晃。以防天冷。他说着，又朝我挤了下眼睛，然后马上把袜子藏到他的衣兜里。

午后，我们下楼去找酒店前台。菲利佩径直向门口走去，黑指甲女人放下手里的活，祝他好运。今天你们就回智利了，对吧？她边问，边把酒店账单递给我。我回想起她在酒吧里跟菲利佩说话，贴着菲利佩跳舞，和帕洛玛窃窃私语。我有些不耐烦，跟她说，我们也不知道，应该还会再留几晚吧，我们不着急。她坚持把账单塞到我手里，让我们在走之前交钱。葬礼不是今天吗？她指了指门口的方向，问道。菲利佩停在门口（他的身体乖顺地前倾），变了脸色，小声叫我：你来，伊克拉，快点，快过来。

我向门口走去，在菲利佩身边站定（有一瞬间，我害怕在地上看见灰烬）。但这次地上没有灰烬。白色康乃馨花环、菊花花瓣和李树细枝铺满灵车周围的地面（这些花就像一个预兆，一个护身符）。

帕洛玛从我们中间挤出去，走向灵车。她怀疑地往后窗里张望，仿佛有人冒名顶替，睡在了车后包厢。菲利佩跟上她的脚步，两个人都围着灵车。两只多疑的小动物检查着车窗和车门，试图找到一丝线索。这是谁弄的？他问。帕洛玛耸了耸肩。她踮起脚，在车顶中央摸到一个玫瑰花环。她伸长胳膊，抓住花环，暴戾地把它砸在人行道上。扔了玫瑰，她又撤掉一束绣球花和一把马蹄莲。帕洛玛残暴地清理灵车，我和菲利佩站在后面，观察她的一举一动。我们看着她的脸因为嫉妒而变得通红，不知道该做些什么。因为这不是愤怒，不是惋惜，不是悲痛，而是嫉妒。这是她自己告诉我们的。我们准备再次出发。帕洛玛上车，摔上车门，说，这是我的葬礼。这句话环绕在车厢里。剩下的路程里，她一直沉默。

发动机随着加速发出呻吟，甜腻的花香在车开出去几米后消散。一朵蒙混过关的雏菊落在座位上，帕洛玛便撕着雏菊花瓣解闷。开上高速公路之前，她的目光都没从花瓣上移开过。菲利佩负责开车，他嘴里嘟嘟囔囔，不停地说着什么指示，什么命令，他自己跟自己争执起来，直到自己跟自己达成了一个隐秘的共识，论辩归于漫长的沉默。每每碰到红灯变绿，菲利佩总是忘了踩油门。于是我们停在原地，绿灯前一辆灵车昏迷。一路上我都不着急，甚至没问一句我们要去哪里。路牌上标着此地到机场的距离，没过一会儿，我便随着远处涡轮机的震响晃动起来。无论如何，丢失的不是我母亲，幻灭的也不是我。我母亲一定很好。一直以来，她都很好，以她自己的方式。她已经学会了如何生存。我的幻灭也很好。它们很遥远。

我们接近昨天下午拒绝放行的岗哨，身着橙黄色工作服的警卫出现在我们眼前，他毫不犹豫地放下闸杆。帕洛玛叹了口气，怪菲利佩浪费她的时间，耽误她按流程办事（手续，渠道，常规方式）。菲利佩不理不睬，慢慢减速，最后停在岗哨亭旁边。警卫把头探出窗外，研究了一下我们三个人的脸，心满意足地表示通过。他用手在太阳穴处比划了一下，像士兵给将军问好。打完招呼，他便抬起闸杆，告诉我们向右拐。一气呵成。

没有一句废话，就如坠入梦境一般，我们已经来到机场停机坪中央，广阔的混凝土平台正被远方一座极高的控制塔监视。机坪面积巨大，涡轮机的噪声震耳欲聋，我感到震撼。我让帕洛玛摇上她那侧的车窗。我们沿着与降落跑道平行的狭窄小路前进，驶向停机坪尽头的干枯草坪。混凝土路面的尽头，两排飞机库像牢房一样排列在我们面前。它们是存放飞机、燃料和备用品的仓库，或许是吧。每个仓库的正立面都写有它的标号：我们右手边是双数，我们面前是单数。菲利佩调转车头向左走，嘴里像祝祷一样念着：七，七，七。这个带着智利口音的数字在我们停车之后终止。

菲利佩跳下车，我和帕洛玛紧随其后。帕洛玛或是别无他法，或是将信将疑，我则是彻彻底底地不相信他。带着他那让人心烦意乱的嘟囔，菲利佩径直向前。帕洛玛加快脚步，赶到他身边。二人并肩同行，审问正式开始。帕洛玛想知道为什么我们要来这个仓库，不去其他的，她想知道他是怎么知道的，她想知道我们为什么来机场，不去领事馆。我听出她语气里的不耐烦，我看到她面颊发红。菲利佩的自作主张让她恼火，不知道自己正去往何处也让她生气，在寻母过程中被排除在外更是令她愤怒。无论如何，这是她的葬礼。而我，甚至不想知道为什么我们会在这里。于我而言，她的母亲可能被存放在任何一个仓库里。或许，某一天，她会穿越安第斯山脉，出现在圣地亚哥的停尸房或她在柏林的房间。或许，她仍在那场集会中，穿着她的白色衬衫（也可能是奶油色的或者浅黄色的），她被封存在照片里，挂在我母亲家的厨房里。

菲利佩无视她的追问，只是往前走。他坚定地领导着这支奇怪的队伍：一场由他带领的家属游行，帕洛玛走在中间，不满地轻声抱怨，我跟在最后，准备好浪费掉一整天的时间（凝望着遥远的山脉，清点着抛之身后的未经加工的话语）。

　　七号仓库的门被铁链和一把大锁锁住。这是我的最后一次尝试，这是我最为绝望的一次尝试。我们站在门闩前，我跟他们说，在这里找，没有意义，我们做点其他事，我们好好把握这场旅程。我甚至不知道他们有没有在听我说话。菲利佩双手握住铁链，使劲拽了一下。挂锁直接崩开，不做任何抵抗。大门半掩，无论门后出现什么东西，我们都不敢轻举妄动。

　　仓库里没有鬼魂。不难看出，库房很久无人踏足，像是被遗弃了一般。仓库内部寒冷，封闭空间里空气沉厚，可我反而觉得舒适，甚至有些干爽。下一秒，一股酸气蹿了出来，酸涩的余味缠住我的味蕾（导管，注射器，敷料）。菲利佩和帕洛玛什么都没说。她坚定地走进去，但马上便呆在原地，仿佛她突然忘了我们为什么来到这里。菲利佩双手插兜，挺直腰板，开始在仓库里散步，他的冷静里蕴含着毁坏一切的力量。

　　我马上适应了黑暗。几束阳光透过门缝照进来，但机库实在太大，光线白白掷入阴影之中。这里的房顶高得惊人，明显是为储藏大件物品设计的，成百上千的寻常物件并不属于这里，它们是被判处消失的不速之客（遗弃让它们不可避免地缩小）。向左看去，我看见行李箱、手提包和背包在手推车上堆得冒尖，一层尘土覆盖在行李山上（旧行李箱、新行李箱、硬行李箱、软行李箱和手提包堆得不高不低，让人放心）。每辆手推车上都贴着标签，标签上写着航线、被取消的航班号、起飞地点和起飞时间。这些航班之中，没有一班能够在智利成功降落。这些悲剧不属于我们。哪怕是这种悲剧（她的灾难，她的葬礼，我重复道），也不属于我们。

帕洛玛开始高声朗读手推车上的标签，但这个策略没能持续太久。菲利佩轻轻拍了一下她的肩膀，几乎是爱抚。我想你妈妈不会在这里。他说，除非你把她塞进箱子里了。帕洛玛粗鲁地摆脱他的手，她说她只是想找到她母亲的那趟航班，她只是想知道那架飞机上的其他行李是不是也在这里。在这场搜寻中，她看起来更小了，甚至像个小女孩。菲利佩恰恰相反，他在仓库里步履从容，仿佛他终于回到了他真正的家。

仓库深处，几十个集装箱靠墙摞着，摆成一道金属墙。我走上前，相信棺材就在里面。可打开几个集装箱之后，除了盒子、椅子、床、台灯和自行车之外，我什么都没找到。这是为了在其他地方重新组建而被事先拆散的家。搬家所用的集装箱里不会有棺木。没有人会带着装饰画、汽车、衣服和死尸去另一个国家。在这里找到棺材和看到有人用棺材装饰餐厅一样荒谬。这个场景（装饰性棺材，观赏用棺椁）让我觉得好玩，胆怯的笑声从我嘴里溜了出来，笑声如钟声般回响。我感觉到帕洛玛出现在我的背后。她跟随着我。我则如往常一样，跟随着菲利佩。菲利佩在仓库右侧停下脚步。他站在那里，用虚弱的声音呼唤我，如同祝祷。

菲利佩定格在一个奇怪的姿势上（他的眼睛都要探出他的身体了）。他倾着上半身，就像身体要折成两半，就像整个人正在分裂。他求我过去：小伊，来，你来看。我犹豫着往前走（我耳中都是脉搏跳动的声音：我绝望地浪费了两秒，四秒，七秒）。我的步子越迈越小。我的气息越来越短（为生存而呼吸）。我不想知道菲利佩找到了什么。我没有做好准备。但无论如何，我压下转身逃跑、一去不复返的冲动，继续往前走。我停在他身旁，余光瞥到他的脸，他苍老了五百岁。帕洛玛走到我身旁，沉默不言。队伍打乱顺序，我们三人站成一排（不知所措，像第一次看到大海的孩子，像发现了死亡的尺度的孩子）。

几十具。不。要多得多。墓碑般的走廊里，成百上千具棺材在此静候，一个摞一个，一排挨一排，没有尽头。从地板到屋顶，一个巨大的迷宫：包着塑料膜的棺材，裹在纸板里的棺材，小木棺，大木棺，宽木棺，窄木棺，浅色木棺，深色木棺。十几个平行走廊，井井有条。成百上千具死尸，他们想要回家，他们想要回返，他们想要归乡（我快速列出一个清单，对尸体进行突击盘点：十五个在松木棺材里，二十个在刨花板棺材里，八个在已经脱漆的棺材里）。

不可思议。无尽的沉默后，菲利佩喃喃自语。不可思议。他重复道。他的声音抓挠着他，从他内心深处，从远处，从过去，从一个模糊黑暗的地方。那是一个蒙尘的声音，它隐忍多年等待复活，那是为这一刻预留的声音，它和我多年之前听到的声音一模一样。不可思议，那个声音说。彼时，我们躲在钦威翁的黑莓灌木丛后。那是我和母亲的唯一一次南部之旅，菲利佩的奶奶艾尔莎要求我们把他接走，让他跟我们一起过冬。她已经悲痛欲绝：你们快来，把他接走。我和他跪在灌木丛后的土地上，偷窥她们。他奶奶用她的小眼睛审视着我母亲，她的厚眼皮像一层纱布。但我母亲没有看向他奶奶艾尔莎，她的视线钉在半空中，和我们一样。因为悬在空中的东西令人惊奇：一只小羊羔倒挂在橡树枝上。柔软温和的果实马上就要坠落。在枝叶的掩护下，我和菲利佩把一切看得一清二楚。我们看到刀刃穿过那只羔羊的脖子。我们看到一缕浓厚的血丝落下，血丝断成闪亮黏稠的血滴。不可思议。菲利佩半张着嘴说。红色血液喷涌而出，这朵铅灰色的云被掏空，血水装满了浅锅，锅盛着香菜和梅尔肯①。耐心点，他奶奶艾尔莎跟我母亲说。她晃着平底锅，把液体摇匀。耐心，孔苏埃洛，要等血水变稠，你等会儿吧。因为血液很快就凝结、改变。它变成了另一个物质，质感不同，颜色更深。他奶奶把它切成柔软的小块，血块融化在她红红的嘴巴里。不可思议。菲利佩重复道，仿佛他目睹了一场神迹。我看看那个小动物，又看看他，我想要捂上他的眼睛，抱住他，让他紧紧闭住双眼，我想跟他说，菲利佩，别看，别听，别说话，封闭你自己，我会当你的玄孙女，我会当你的奶奶，我会当你的爸爸。可我没有做出任何承诺，我无能为力。我什么都没做，只是听着那个在此时复活的词语。不可思议。

帕洛玛没有说话，或许她是无言以对。她步伐稳健，仿佛她给自己下了命令：行动。她深吸一口气，屏住呼吸，沉着地走向第一排棺材，像平常一样。菲利佩走进第二排。不可思议。他在远处说，整理得这么好，伊克拉，这么多，这么多。他的声音变得遥远。两个人在我的视线中消失。

---

① 一种智利调味料，由烘干熏制过的羊角辣椒、烤过的芫荽籽和盐一起研磨而成。

我在走廊里进进出出，嘴里反复念着一对单词：英格丽德·阿吉雷，英格丽德·阿吉雷。我似乎企图用这个名字去修复不可挽回的一切：我父亲的错误（鲁道夫的错误，维克多的错误）和英格丽德的死（或是艾尔莎的死，或是克劳迪娅的死，或是她的双重身份的死，她的化名的死）。我似乎企图用她的尸体来换回我的自由。我仔细检查每一排棺材，毫无畏惧。我深信这是我的机会，在这里，我或许会找到她，我或许能够做到重要的、*关键的*、影响深远的事情，有关于我的事情。仿佛是我设计了这个迷宫，也只有我能够逃出它。我不停寻找，冷静得出奇。现在，我确实相信：我等待，我观察，我终于明白。

　　我行走在一列列棺材里，如同穿梭于一所无边无际的图书馆。我试着总结棺材排列的逻辑：按字母顺序，按时间顺序，按主题分类（按死因分类，因意识形态而死，因高空坠落而死；按归国心切程度分类，按乡愁浓度分类）。我徘徊在几十个数字和姓名之间，徘徊在姓氏和陌生的起飞地点之间：卡塔利娜·安东尼娅·巴埃萨·拉莫斯，1945 年，斯德哥尔摩—帕尼陶，豪尔赫·阿尔贝托·雷耶斯·阿斯托加，1951 年，蒙特利尔—安达科约，玛丽亚·贝伦·赛斯·巴伦苏埃拉，1939 年，加拉加斯—卡斯特罗，胡安·卡米洛·加西亚·加西亚，1946 年，马那瓜—瓦尔迪维亚，米格尔，费德里卡，埃莉萨，1963 年，1948 年，1960 年，蒂尔蒂尔，阿里卡，圣安东尼奥，库里科，圣地亚哥，圣地亚哥，圣地亚哥。

浏览过无数国家和智利的所有省份之后，我来到第六行，也可能是第七行。在狭长的棺材走廊的中央，在两具棺材之上、一具棺材之下，我认出了她的名字：英格丽德·阿吉雷·阿索卡尔，1953 年，柏林—圣地亚哥。我站在她前面。纸条是手写的，蓝色墨水，字迹工整（用西班牙语和德语写就的一模一样的词，一对镜像词）。标签被小心地贴在塑料膜上，塑料膜裹着棺木，棺木里存放着一具尸体，一无所有的尸体（或许有遗憾，有愤怒，有无尽的思乡）。

我触摸着那张小纸条，重新阅读每一个单词（直到单词破碎成为音节，音节分解成为字母，字母溶解变成没有意义的笔画，一个蓝墨点，一个花纹）。我一动不动地站在那张纸前：一张小小的备注，一张我可以轻易撕下、藏在自己口袋深处的小标签，一张会被我一口气吹走的小纸条，它会让这场搜寻无休止地延续下去，侵占帕洛玛余生的每一天，这样一来，她就有了借口，她不用再寻找任何其他东西，因为她的命运已经和她失踪母亲的故事（和我们父母的故事，和所有他们曾经丢失的一切）捆绑在了一起。我想过撕下这张纸，用一张新的纸条或者名牌取而代之：一个常见的名字，随便哪个姓氏，或许（维克多，克劳迪娅，化名人物组成的武器库）。我想过跟帕洛玛撒谎，让她不得不用整个余生来寻找她母亲，我为此感到抱歉，非常抱歉。我可以让她的人生停止在这个瞬间，我可以抹除英格丽德的存在，然后掏出电话，打给我母亲，跟她说，她又一次失去了她的朋友，而我甚至无法完成这么简单的任务。

一阵全新的躁动向我席卷而来，仿佛一切都在燃烧，仿佛我要被挤出自己的身体，仿佛除了声音、静止和空虚，一切都不再存在。接下来发生的一切无比混乱。不经意间，我的手指已经从纸条上移开。我后退几步，后背贴着棺材墙。我握紧拳头，指甲嵌进手掌里（四道红色月牙）。我站在原地，四肢麻痹，大脑空白。我的话语散落一地。突然间，那些沉重的、破碎的单词一齐把我丢弃，我孤身一人。孤身一人，我和我蠢笨的想哭的冲动（泪水流过湿润的脸）。但我没有哭。我深吸一口气，屏住沉厚的空气（用过的，过期的，废弃的）。我的声音冲出我的身体，打碎了我的某一部分。

我找到她了。我说。

为了防止自己后悔，我又说了一次：我找到她了。

1

穿橙色制服的警卫可没告诉我这个，一个死尸是一回事，一堆死尸在各自的小盒里等着我是另外一回事，现在，他们不在墓坑里躺着，也没在医用冷藏箱里合法保存，没有，他们没躺在小车站，没趴在小公园，现在，他们这些死尸都变成小布尔乔亚了，这样最好，当然了，这些死尸最听话，他们已经准备就绪，要成群结队地穿越山脉，让我把他们成把减去：减三，减六，减九，我减去该减的死尸，再把他们的骸骨分别计算，没错，不过这么多骨头，也让我犯糊涂，那么多里斯本的、加泰罗尼亚的，那么多列宁格勒的、斯大林格勒的，他们都让我厌烦，因为他们的目的地都是智利，出发的时候，他们都是过去未完成时，可直到最后，他们也没能变成完成时，没有，因此，我必须要冷静下来，深呼吸，吸气，收藏气味，保存冷静，把冷静浸泡在福尔马林里，进行防腐处理，只有这样，我才能穿山越岭，把那个死尸带回去，就是这样，等我回到圣地亚哥，回到灰烬中心，我需要暂停片刻，弓起身体，呼出防腐的冷静，随着每一次呼气，我都会把我的双手埋进坑里，我要挖出的一个洞，用我自己坚硬的指甲，因为我要挖，挖到黑泥盖住我指甲上的月牙和指芯，挖到我的指甲变成野狗的爪子，没错，我会继续刨，用我四只毛茸茸的爪子，用我尖尖的鼻子，我继续扒挠，用我肮脏的爪子，我要扒挠掉落的灰烬，直到画出一条横道，一条长长的直线，它意味着减，没错，就在那里，我要把他们统统埋葬，在这个减号里，我让他们入土，我把他们钉死，我让他们下降，我小心翼翼，在这片属于我的干燥土地上，我种下这些骨头，用土把骨头盖好，我的眼睛凝视它们，我成百上千只眼睛陶醉地凝视着肥沃的土地，然后，等我把每一个死尸都埋好，我会在同一个坑洞里抓刨，挖掘，开凿，移开土壤，我要把他们重新捞出来，一个接着一个，我要把他们重新挖出来，舔舐他们，为他们守夜，夜以继日，日复一日，直到没有一寸土壤没被翻动过，直到把沙漠、无人居住的村庄、肮脏的海滩和苹果园都一一犁过，直到给每个死人都补上未举行的葬礼，这是我应该做的，我应该把这些尸体都带走，让他们下葬，只有这样，死亡数量才能和坟墓数量相等，出生的人数才能和入土的人数相等，没错，这就是我的计划，但是，我分心了，因为伊克拉跟我说话，伊克拉大喊大叫，她说她找到她了，她就是这么说的，我找到她了，我走过去，这不可能，因为人不能找到她从未追寻的东西，伊克拉从来不想找到那个死尸，可她还是一而再再而三地说，说她找到了，这时，我看到了她：一具棺材和一张写着她名字的小纸条，我闭上眼睛，惊慌失措，我用手掌抚摸棺木，手心冒汗，因为找到她的人应该是我，伊克拉，是我，是他妈的我，你别再多管闲事了，因为这个死人是我的，她是我的减数，真他妈的，棺材的木材无比光滑，光滑到让我恶心，没错，因为所有光滑的东西都让我恶心，我被恶心推了一个趔趄，我向后退，我躲藏起来，我要把恶心都呕出去，我必须把这股陈旧的气味驱除出我的身体，死尸的令人作呕的味道，于是，我绕到其他棺材之后，浑身颤抖，我躲开洋妞，掏出那只秘密的袜子，因为这瓶液体是我专门给自己留的，没错，我把它留给自己，我要消除自己，我要溶解自己，所以，我摇了摇瓶子，跟自己干杯，我分几口喝下，这潮湿的小液体，它将我缓缓杀害：杀死气味，杀死光滑，杀死恐惧，杀死数据，杀死仇恨和嫉妒，我再喝一口，我感觉我飘浮在我的躯体之上，洋妞逮到我了，尽管我不知道她有没有看见我，因为我被擦除了，我消失了，一块接着一块，我消散了，我回到伊克拉身边，她和名声赫赫的英格丽德在一起，我走向她，我无形地靠近她，我看到她正在推那具棺材，帮我一把，菲利佩，我没听懂她在说什么，我头晕目眩，我冷，我不想要我喉咙里温热的呕吐物，所以，我立刻站住，我努力忍住，菲利佩，我跟你说话呢，帮我把她运到车上去，我走过去，双手撑在木头上，木头是光滑的，我推了推它，我推了，我用尽全身蛮力推了，但是，它没动，它没有动，这英格丽德可太他妈沉了，不过，我很强壮，没错，我能推走痛苦，推走木头，推走恶心，终于，棺材动了，没错，它贴着地面摩擦，它往前去了，我挤出野兽般的力量，我呻吟，我大汗淋漓，成百上千只眼睛都在看我，木板之后，成千上万只眼睛都在监视我，没错，你长着你爸爸的眼睛，我奶奶艾尔莎跟我说，一模一样的小眼睛，我竭尽全力，我说不，这是瞎话，说话的是我的声音，我不想听到我那该死的声音，我他妈不想听到任何一句话从我的嘴里说出来，于是，我闭上嘴，因为我有奶牛的眼睛，真他妈的，我有柔软的眼睛，咸的眼睛，我没有爸爸的眼睛，我的眼睛是我的，我的，我的，我是花瓣的儿子，我是我玄孙女的儿子，我是我自己的儿子，这就是我，我是我自己的儿子，我拿出野狗之力，我终于挪动了棺材，就像开土犁地，没错，一声巨响，棺材落地，我喘匀气，一直推，一直推，顺着灵车的斜板，我把她推上车后的金属轨，轨道本该是冷的，因为我冷，死尸也冷，哪怕她已经投入了灵车的怀抱，终于，这辆车满员了，没错，我深呼吸，喘匀气，这时，我看到一切都分崩离析了，都是因为这瓶治愈我的神奇液体，仓库坍塌了，伊克拉也分崩离析了，我看到她从中间裂开，我亲吻自己的手，送给她一枚响亮、分裂的吻，玄孙之吻，没错：再见了，小玄孙女，我向她大喊，无声的尖叫，再见了，我的玄孙女，我跟她说，我爱你，很爱，很爱，我一猛子钻进灵车，飞速打火，灵车啐了一声，抖动起来，我看到洋妞正在给别的死尸照相，那些死尸被我头也不回地抛弃，因为我发动引擎，踩下油门，加速出发，因为这个死尸是我的，她们却想把她抢走。

（　　）

那一刻，我不明白发生了什么。仓库铁门撞在门框上，灵车沿着停机坪飞驰而去。帕洛玛握住我的手腕，向我要一个解释。这不可能。她说，她是我的。

灵车从地平线上消失，帕洛玛转惊讶为暴怒。仿佛这是一个恶劣的玩笑，是我们故意吓唬她，是我和菲利佩共同策划了这个恶毒的游戏。她的声音开始不受控制（儿童自行车的车铃，尖锐刺耳）。我为自己辩解，让她明白我也不知道刚刚发生了什么。菲利佩走了，这不过是他耍的花招，为了逼我尽快追上他（去当他的证人，去做他的影子）。

昔日的菲利佩（蒙尘的，几乎完全褪色的）在我眼前复活，那个被埋藏多年的他终于在此刻归来，强迫我回想起旧时往事。前院里，菲利佩蹲在离我几步远的地方，他打了个手势，让我也蹲在我们做的记号上，一切准备就绪（铁栅栏把我们和街道分隔开来）。准备好了吗，伊克拉？他的声音越来越狂躁。我一度想要忘记这个声音，从而抹去这段记忆（至少不白白浪费它）。好了没有，小伊？他用手拍着我的后背。他开始激我的将，他问我是不是足够强壮，能不能完成它。我蹲在地上，点头默认。我嘴唇变干，唾液发苦，我的牙齿咀嚼着恐惧，提前体验痛苦。我等待他一声令下，我们一起跪倒在地。各就各位！预备！走！我们应声跪地。别作弊，小伊！他一边艰难前行，一边冲我叫喊。他警告我：不能用手，也不能抬腿，伊克拉，跪着走，用膝盖。他跪在我身前，马上要穿过栅栏。棱角分明的石头是我们膝盖的唯一支点，石头是他亲手放在路上的。几分钟之前，菲利佩兜里满满当当揣的都是石子，他沿街走了一圈，把小石块扔在我们的必经之路上。他说：苦旅。他想要煽动我，我则惊恐地看着散落在小路上的石子。上一秒还在太阳下闪闪发光的微小晶体，下一秒就扎进我的皮肤里。我每走一步，就要重新经历相同的痛苦，一次又一次，直到我无法继续，直到我被迫屈服。菲利佩离开了我，他越走越远。这是他和他的献祭。他绕着街区跪行，继续这场朝圣之旅，战利品深埋在他的膝盖里。最终，他凯旋归来，回到我们的终点：我母亲家的家门。我母亲正在花园里浇水,她全神贯注地窥视我们,暗自猜测谁会赢下这场比赛(淹没草坪,淹没小路,淹没我的回忆)。菲利佩走进家门,笑中带泪,他喘着粗气,不停咳嗽,鼻孔发肿。他脸上挂满了汗珠,他陷入骇人的狂热之中。只有我母亲知道如何让他冷静下来。快进来,菲利佩,掸掸身上的土,快用盐水洗洗伤口,换身衣服,弄利落点。今天轮到你决定晚饭了,你想吃什么,我们就做什么(菲利佩跪着,回家,回返,归乡)。

回忆把我带到了遥远的地方。我们走出仓库,竟然已是日落时分。警卫从岗哨亭向我们走来,他用目光寻找着灵车,有些问题他问不出口,只能用自己的眼睛找出答案。帕洛玛迎向警卫,她的提问把他包围,不给他喘息的机会。他看起来困惑至极。他咬着嘴唇,摇了摇头。沉默了一会儿,警卫皱起浓眉,说他也不知道:他从来没想过,棺材里装的不是他母亲。他以为亲属(儿子,遗属)是那个小伙子。

他告诉我们,前天晚上,他和菲利佩在酒吧偶遇。我就是去喝几杯。他说,像是在跟我们道歉。然后那个小伙子从厕所里出来了,东倒西歪的,要么是喝多了,要么是嗑药了,我不知道,他往我这边走,一看就是想挑事。我觉得心烦,但大醉一场总好过大打出手,所以我就请他喝了一杯（一口，两口，疯狂旋转的液体）。我们正喝着，那个小伙子突然发起疯来，浑身颤抖，虚得跟要死了一样，他一边哆嗦，一边跟我说话，说他弄丢了一个很重要的人（帕洛玛看着他，怒火中烧，仿佛是他们合伙夺走了她的珍贵之物）。嗯……菲利佩，就是他。警卫说着，从制服兜里掏出包烟。那个小伙子失去的人叫菲利佩，一开始我还没听明白，但是马上我就懂了。警卫点燃香烟，补充道。他深吸一口香烟，仿佛整个星球的空气都存在他的滤嘴里。我知道，那个人对他来说肯定很重要。在我的印象里，我从来没有见过哪个人这么压抑。悲痛至极。警卫说着，吐出一个烟圈，他的脸隐藏在烟雾之后。他告诉我，他的死亡令人毛骨悚然（河里的浮尸，电线上吊挂的尸体，因灰烬死于窒息的人）。那个可怜的小伙子跟我哭诉，他说，死亡丑恶，死亡可怕，他要避免死亡，不计后果，他说他不会为任何原因而死，他这句话让我摸不着头脑，但他后来又跟我讲起什么空坟，什么加法减法，更是莫名其妙，不过，我又知道些什么呢（不知道，他什么都不知道）。

　　帕洛玛沉默地听着，她瞪大双眼，眼眶几乎要开裂。我没有打断他。一架飞机从我们头顶掠过，消失在天空中某一点。借着这段噪声，警卫给帕洛玛递了根烟。最后一根。他说。他擦亮火柴，点燃香烟，两个人同时吸了一口。让人抓狂的停顿，只有涡轮机的轰鸣能够打破的沉默。警卫继续他的讲述。所以，我把机库门打开了。我跟他说了这些棺材的事，告诉他这些棺材得去七号机库去找。警卫抬手指了指那扇门。我这也算帮自己个忙。这些棺材在这里堆太久了，我看永远不会有人来认领。可是我们天天就在这儿待着，天天闻着这味，这股屎味。话糙了点，不好意思。他揉揉鼻尖，继续和帕洛玛解释。这股味太恶心了，我不知道该怎么办，上头也不知道能怎么办。到底怎么处理这些尸体？没人想负责。

警卫把烟头扔在地上，用鞋踩灭。他请求帕洛玛原谅他，他的目光注视着地面（火光化为细小的灰烬）。我从来没想过，棺材不是那个小伙子的。谁会为了别人的棺材急成这样？说实话，这些尸体归谁有什么重要呢？问题不在这儿。他皱着眉补充道。问题在于，必须得帮这些死尸做些什么，死尸太多了。他坚定地告诉我们。

警卫向仓库走去，捡起铁链，闩上门。他主动提出送我们回市中心，有些无可奈何。他说如果想回圣地亚哥，我们可以在门多萨租辆车，如果运气好的话，在路上就能赶上菲利佩。他说这是他能为我们做的全部了，剩下的事情（剩下的遗骸）不在他的责任范围内。帕洛玛选择接受

197

他的帮助，没有询问我的意见。反正我也什么都没说。飞机的起飞让我分心，一个想法在我的脑海里发出不合时宜的回声。或许我们应该对这些棺材负责，或许这里堆着的每一个棺材，这张没有尽头的名单，这整个仓库，都是属于我的（就像从天而降的灰烬和无法回避的山脉）。

我凝视着太阳的方向，无话可说。我无力地站在跑道前，预感到这条路会像我们的搜寻一样，永无尽头。我想象之后会发生的事情：再一次，两道血迹印在街道上，一条纯净之路出现在我面前，菲利佩以自己的苦行净化了它；再一次，我跪倒崩溃，我的母亲在我身后失望不已；再一次，菲利佩向着她蹒跚而行，他肮脏的膝盖伤痕累累，两块黑色血斑凝成徽章。

我明白，我确信，如果我想赢得母亲的目光（闪亮的刀刃一般：快用盐水洗洗伤口），我应该跪下，膝盖着地，伏地而行，我应该跪行到警卫的卡车上，坐在帕洛玛和他之间，一起研究回程的地图。

仿佛是我必须终结这段有关菲利佩的回忆，仿佛是我必须结束这场我在开始之前就输掉的竞赛，仿佛是我必须填补千疮百孔的记忆，我的归家之路出现在我的眼前，每一个细节都清晰可见，一处通往过去的孔隙就此打开（一处失误，一次笔误）。我看到我自己一个人深入群山，花上几天、几个礼拜的时间，跪行登上山顶，我走过科迪勒拉山系的每一座山，穿过层层厚雾，向着目标毅然前行（我的家，我的逃亡）。我看到铅灰色的光线铺满天空，我看到忏悔者山谷的悬崖和曲折的山路，我看到被灰烬破坏的葡萄园，我看到被尘土覆盖的田野。我看到自己走进那座城市，我的城市。那么多双眼睛盯着不停掉落的灰烬，骇人的尘土压垮公园和住宅，所有我见过的东西都被碎石覆盖（被白色床单包裹的城市们）。在圣地亚哥城里，在冷静得可怕的脚步中，我会从诸多脚印里找出菲利佩的踪迹。我会顺着那行最深的足迹，开始迷茫地追寻。几个小时之后，我会找到他。那辆灵车横在阿拉米达街，菲利佩在车里等待。他仰面朝天，无比平静。我会走近他，跟他交谈。我会让他跟我走，让他忘掉一切，一切，一切。但是，一股疏离感向我袭来。他仿佛变成了一个陌生人，这个躺在灵车里的人仿佛跟我的菲利佩毫无关系，他的身体仿佛被另一个人占据。那是一个完美的陌生人，他顶着一张似曾相识的脸，守护着棺材。他的双手顺从地放在胸前（胸口填满了单词，比如"岩洞""墓穴"和"失效"）。而只有在这条街上，只有在因错过而产生的悲伤之中，我才得以再次坐上驾驶座，我才敢于再次眺望那条山脉。那是我最后一次眺望它，那些永远监视着我们的山峰。我会看到山路上散落着被人丢弃的词语，比如"监视"。我会看到我在归途中（或者撤退途中，我不确定）丢弃的每一个词语。"不容置疑"和"军火库"这类词语属于山顶，"铁轨"和"疤痕"会被抛弃（还有"鼾声""萎缩纹"和"碎片"）。因为只有当我清空自己，我才能直面这场旅程（摆脱疮痂、遗憾和哀伤，一字一句地偿还那笔无法计算的债务，那笔债不断侵蚀着我们，直到让我们都哑口无言）。我会把车开到铁栅栏前。当我疲惫又激动地到达那里，我会看到一片细嫩草丝在浊水之下生长（水流劫夺音节和字符，一种语言就此沉没）。我会把车停在门口，挡住母亲家门前的栅栏，分毫不差（在我们标记的点位上，在作为我们终点线的门框下）。在那里，我会把这个黑色长方形祭品抛弃，我母亲每天都会在对面的前院里浇水。因为我会再次看到我母亲浇水，我会注视她一会儿（她的双脚陷进泥泞的土地里，带着湿土的陈腐气息，但那是我的土壤的气息）。我会接近她，不吵不闹（因为我们不应该吵闹），小心翼翼（因为我们应该心怀恐惧，女儿，要时刻做好准备）。我会走向我的母亲，亲热地观察她。我会接过她曾看到的所有东西的重量（接过遗骸、余债和哀悼）。我会用我陈旧的声音，那遗传自她、却又是我自己的声音，用破碎难懂的音节，用最终的词语（这些话语一旦说出口，我就会被掏空，和植物般的、永生的新语言一起滞留在沙漠里），用悲伤的语调告诉她：我给你带回了英格丽德·阿吉雷，菲利佩·阿拉瓦尔也在这里。我会拥抱她（她的皮肤和她的骨头贴得那么近，她的骨头和我的骨头贴得那么近）。这一刻，在我们二人用身体搭建的完美拥抱里，我会坚定地告诉她：母亲，我做这些都是为了你。

我陷入一阵眩晕，仿佛身体里所有的空气都弃我而去，我在真空中昏迷。汽车喇叭声在几米外响起，警卫坐在他的卡车里，挥舞着胳膊催促我们。帕洛玛给出几则颠倒混乱的指令：快走啊，他们在等我们，现在不是犹豫的时候。她身后，停机坪的另一端，人迹罕至的风景边缘，紫色的太阳隐入群山之中，它没有没入海洋，只是躲在那道山脉之后，那是它来的地方。

帕洛玛向警卫的方向走了几步，但她马上又犹豫起来。她转过身，回到我身边。她牵起我的手，跟我说她不知道如何开始。伊克拉，我们一起走，拜托你。没人再按汽车喇叭。在这一瞬间，我听到了晚霞的低语：遥远的森林里，一阵风吹过，树木枝叶沙沙作响。帕洛玛坚持让我跟她一起走，让我登上那辆卡车，我们一起穿过那座山，一起找到他们在哪儿（遥远的，渐行渐远的）。她的语气越来越激动。我看见，在我们身边，卡车车灯照亮的地方，十几只鸟正要起飞，灯光点燃了它们的翅膀。

我轻轻摇头。我一边拒绝，一边计算我们和鸟之间的距离。我听见自己冷静坚决地回复她（一个崭新的声音，一个刚刚诞生的声音）：我们之后见。我的脸靠近她的脸，我吻了她一下。我晚些与你会合。我说着，抱了抱她。我想起了我们的第一次见面（我问自己，这是一种崭新的念恋在震颤，还是父母辈的怀旧在搏动）。帕洛玛走上卡车，向我挥手道别。我看着她离开，再无其他。我面前，群鸟扇动翅膀，整齐而缓慢。飞翔中的鸟儿们完美同步。在陌生的催眠曲中，它们与大地告别。低语迸裂，化作一阵不可抑制的呓语。

0

我一路疾驰，我不能被柔软的水泥掩埋，不能被灰泥掩埋，不能被脓液掩埋，是的，我不能被山脉分泌出的脓液掩埋，群山在我耳边窃窃私语，让我向前，让我加速，因为要成为一流司机，就得加速，它唱歌，我们也唱歌，伊克拉和我，我们合唱，几乎是在嘶吼，这样一来，我们就听不见了，听不见群山的低语，因为它告诉我向上开，往前走，它让我别管时速是二十公里、是十五公里还是十公里，发动机迟早要瘫痪，这根本不重要，可事情并不是那么简单，不是，穿越灰色山脉并非易事，但无论如何，我还是一路向上，向上，我开始出汗，于是，我打开窗户，给车内通风，我摇下窗户，哪怕窗外全是脓液，该死的脓液钻进我的袖口，像一股热浪，没错，这股毒药摊在我的皮肤上，这团细菌想要感染我的眼睛，所以，我流下了铅灰色的眼泪，我被眼泪打湿，脓液和体液交融，全身被灰烬包裹，这时，大事不妙，灵车开始颤抖，灵车开始震动，嘘，冷静点，慢慢来，不着急，但是，车熄火了，好吧，咱们先落地，但是它咳嗽，它呻吟，它拒绝前进，不，它不想向上走，真他妈的，车趴窝了，我劝不动它，它翘辫子了，我别无他法，只能下车，直到这时，当我双脚入土时，我才看清我身处何方：这里是山顶，众山之巅，是灰色之极，灵车来到这里，迎接它的死亡，车身在沉默中溶解，嘘，安息，我听到了它最后叹息，濒死的呼号，一层烟幕将它环绕，把它埋没，带它远去，也带她远去，因为发动机的烟雾让英格丽德·阿吉雷也消失了，柏林—烟雾，于是，我把她减去了，思维严谨，尊重数学，就是这样，减一，我记录下来，减一，我尖叫，减一，这还不够！我已经把她减掉了，但仍然没有归零，真他妈的，洋姐的妈妈不是我要的死尸，她是一个普通的死尸，冒名顶替的死尸，装模作样的死尸，没错，所以，我跪在地上，失魂落魄，我凝视着她，深山之中，被烟熏过的棺材，悬崖峭壁边的棺椁，埋在山脉里的坟，不可能，我喝下白色液体，一大口，我要把自己抹去，我不要再感到悲伤，因为悲伤会蔓延滋生，悲伤逼我看向我的皮肤，崭新的皮肤，它不再是深色的，我看向我的腿，腿也不是腿，胳膊也不是胳膊,不再有胳膊肘,不再有手指,不再有手腕,现在,我全身附满鳞片,不,那是另外一种东西,闪亮干燥的肌肤,埋进肌肤的羽毛,那层羽毛会呵护我,它使我与众不同,让我非比寻常,我的眼睛也不再是我的眼睛,它们干涩而清澈,破碎的水晶,没错,破碎的眼睛发现我变得轻盈,破裂的瞳孔目睹我的身体长出翅膀,俯视山下,它们望见一座了无生气的城市,那是深邃的巢穴,是肚脐眼一样的圆环,是夜晚的想法,是圣地亚哥:一个圆形的巢穴,我的飞行路线,因为我应该忘记灵车,飞回圣地亚哥,降落到我家,回家,是的,所以我起身,把这个谎话连篇的死尸丢弃在烟雾里,我背对着她,浑身颤抖,我毅然决然地吞下所有空气,灰烬充满我的身体,我离开她,我离开自己,我开始奔跑,我要学会使用我的羽毛,我用尽全力扇动全身羽毛,我想让羽毛舒展,强壮有力,可是,我做不到,做不到,初生的羽毛过于沉重,石头一样的羽毛,这些废物羽毛有他妈的什么用,不过,我还是继续奔跑,我跑了几个小时,下午过去了,夜晚降临了,一片黑暗之中,我固执地拍打羽毛,我不停地尝试,苍茫夜色中,我一次又一次振臂,终于,黑夜退去,曙光闪耀,我终于挥起翅膀,晨光笼罩大地,死气沉沉的山脉被我抛之身后,沿着东方的山丘,我滑翔下降,转眼间，我到达圣地亚哥，圣地亚哥毫无准备，它提防我，监视我，囚禁我，没错，我钻进小胡同，胡同通向阿拉米达街，我走在宽敞的阿拉米达街，我突然僵住，我感到震撼，我终于明白，这条街便是我的线索，这条路正是我的旅途，不是机场，不是门多萨，是这里，是空空荡荡的阿拉米达街，所以，我调整呼吸，一秒，两秒，三秒，我看向西方，四秒，五秒，我喝下剩余的白色液体，六秒，七秒，我开始颤抖，深呼吸，八秒，我充满气体，九秒，我蓄势待发，十秒，这一刻，我奔跑起来，仿佛我从未奔跑过一样，仿佛这是我最后一次在阿拉米达街奔跑，在大街中央，我全力冲刺，我把高楼大厦和纪念碑抛在身后，我把圣路济亚山、拉莫内达宫和干枯的喷泉抛在身后，我在市中心狂奔，像一只大鸟，一只飞得缓慢沉重的大鸟，悲伤野狗们追随着我，我的野孩子们在哭号，我的野孩子们在和我告别，我奔跑，我扇动那对颤抖的翅膀，我继续奔跑，我双脚离地，我身体腾空，我起飞成功，没错，再高，再高，再高，我的翅膀终于收紧，我的爪子脱离了陆地，我的双腿蜷起，流畅自然，仿佛我的双腿本就知道自己应该蜷缩，我感到我的胸口充满了稀薄的空气，空气如此轻盈，我像氢气一样飘升，我把自己挂在气流中，我收起指甲，延展脊柱，我是如此轻盈，没错，晨曦终于唤醒了我的翅膀，就是这样，我在飞翔，没错，我在飞翔，跟我舒展的翅膀一起，我的翅膀是如此之宽，就连我也看不到我自己的边界，我手臂的远端还在挥动，沉静，美丽，风摩擦着我的身体，嘶嘶作响，我在空中滑翔，幸福地舒出一口气，空气怀抱着我，我在阵阵气流中轻轻摇摆，因为圣地亚哥的空气把我包裹，为了触碰我，天空分崩离析，化为片片灰烬，灰烬为我哼唱催眠曲，可我只想永远飞翔，不停攀升，直至消失，被彻底遗忘，所以，我飞到高处，把空荡的阿拉米达街抛在身后，我的野狗和树冠离我远去了，皮奥诺诺桥和静止的时钟离我远去了，草地鹦、鸽子和悲伤的老鼠离我远去了，我的孤单的花朵、孤单的父母和孤单的儿女也被我抛在身后了，因为我飞得太高了，高到看不见马波乔河遥远的河道，我熟悉那道弯，就像熟悉我自己，因为马波乔河的流域已经埋在我的皮肤里，埋在我的掌纹里，我的血液循环轨迹横穿这座城市，这座城市是我的身体，我的巢穴，我的零，没错，在高处，一股酥麻穿过我的身体，那是一股能够把我摧毁的热潮，那是一阵让我在天空之壳里闭上双眼的悲伤，因为我能感觉到，那些黑暗的想法正把我拉回地面，掀翻我，呼唤我，一阵眩晕让我摇摇欲坠，我向天空坠落，我的身体在坠落，我的痛苦在坠落，我的空气在坠落，我疲惫的翅膀也在坠落，我看到地面上我的影子越来越大，不规则的阴影意味着光的存在，一道将我的脸劈开的光，让我头晕目眩的光，它让我毛孔里的瞳孔茫然失焦，它点燃我的暴力的下降，点燃我的火光四溅的坠落，它让我开始自燃，没错，因为我是带着太阳之翼飞速下坠的一团火，是的，恐惧之中，事态紧急，我看到我身上火星溅落，圣地亚哥陷入火海，我疲惫的身躯下，火苗在灰色沥青路上蔓延，我把我的爪子埋进我的巢穴，埋进这个广场的中央，我在地上缩成一团，我陷入遗物之中，我没入遗骨之中，我沉入灰烬堆成的贫瘠土壤之中，在我最后的气息里，我睁开眼睛，直视那道光，那道光照亮了圣地亚哥，点亮了天空，开阔的天空，深蓝的天空，漂蓝过的蓝，没错，点燃一切的火焰的蓝，因为石路、砖墙和小店在燃烧，大楼和杨树在燃烧，花瓣、萼片和花冠在燃烧，整体和部分在燃烧，整个圣地亚哥都在燃烧，火光照亮了我，因为我即是火，我即是灰烬，我即是那只最为完美的、金光灿灿的鸟，所以，我应该这么做，因为圆要闭合，我要说出那些词语，我要颂唱那些词语，用我洪亮的声音，用我愤怒的歌喉，用我死而复生的嗓子，我要尖叫，在我发光时，在我重生时，在我引燃火苗时，我要点燃空气，用我的声音，用我的嗥叫，用我最后的算术法：减一，减一，减一。

死亡计算（代跋）

　　凭借《残迹》一书，阿莉雅·特拉武科·泽兰跻身文坛。在这部震撼人心的小说中，出现了诸多幽灵般的、撼动人心的、慷慨激昂的问题，*如何归零*，便是其中之一。在这个贯穿全书的疑问身后，始终伴随着另一个同样令人费解的计算难题：*如何能让死亡数量和坟墓数量相匹配，或者说，如何让出生人数和寿终正寝者人数相等*。计算的紧迫性与哀悼的必要性息息相关，而哀悼的方式则要在讲述故事与清点死亡人数之中取得。

　　必须要强调的是，这些质疑（用一位角色的智利西语说的话，就是*小质疑*），这些叙事考量，出现在一个仍然生活在独裁阴影的国家中。这些问题是圣地亚哥当下的问题，这座城市散落着无名的或缺席的尸体——*每周日出现的，孤单的，扭曲的，不羁的，僵硬的，沉默的，活死*

人，或者突然死亡的，这些词汇都被用来称呼偶然出现的残骸。正是这些残骸，阻碍了死亡数学的计算。因为，在后独裁时期，智利账目不平：太多亡魂尸体失踪，太多记忆消亡，太多问题有待回答。但是，还有另一个更为尖锐犀利、更为积重难返的*小问题*：他们，《残迹》一书的年轻主人公们，如何才能从父亲母亲的沉重政治遗产中解脱？他们要怎么做，才能和一系列凶厄的恐怖场景保持距离？在未来，他们能否成为自己的时代的主人公，能否成为自己的悲哀与喜悦的主人公？

这部强烈深刻的小说中穿插着奇幻别致、令人难忘的场景。小说切中的要点之一，便是不满足于提出令人不适的问题：不回避提出假想，让读者暴露于矛盾之下——当角色们考虑要如何处理那些既是被灌输的，又太过属于自身的记忆时，自相矛盾的想法便出现了。角色们的直觉迫使我们思考：为了走出创伤，我们需要无休止地反复讲述过去发生的血腥故事吗？我们要永远肩负记录和见证的道德义务吗？如果我们允许过去成为过去（但不让它落入独裁者的春秋笔法中），用崭新的思想、新鲜的声音和别样的目光来面对当下的困局，我们的所作所为会更有意义吗？

书中的年轻人明白，叙述的权威性和视角的所有权是争议所在。菲利佩（最大胆的叙述者，他有着幻觉般的意识）自问，找到小路上尸体的不安的眼睛属于谁，这不是偶然。他向自我确认，尽管他继承了父亲的名字，尽管父子二人眼睛相似，但他"没有爸爸的眼睛"，他的眼睛完完全全是他自己的。这并不是无病呻吟。伊克拉（最冷静、克制的叙述者，与菲利佩相比，她与现实生活的勾连更紧密）也向自己提出疑问，这些想法是谁的，说话的声音又是谁的：如果说，彼时彼刻，故事的所有版本都出自伊克拉母亲之口，那么伊克拉便开始利用自己的观察（括号中的内容）打破母亲的叙事，而正是她的观察，动摇了母亲忧郁叙事的坚固性。

不能忽略的是，在问题之外，小说里还存在另一层平行叙事。由于不幸，由于告发，由于失踪，伊克拉的生命和菲利佩的生命结合在一起。因此，二人的声音交替出现（相互完善，相互补充，相互矛盾），讲述了二人如何逐渐不再作为父母的继承者、代言人或替代者而活。他们不会再重复*他们的*故事，不再痛*他们*所痛。他们会拒绝*他们*言之凿凿的证言。尽管《残迹》一书包含"子辈一代小说"或"后记忆叙事"公认的特点，但是，这部小说亦有反其道而行之之处，书中的人物重新夺回了负责记忆的权利，而记忆总是个体的记忆：正如苏珊·桑塔格所观察到的，集体记忆不是一份回忆，而是一份声明。

问题出现了，关键的*小问题*。

如何将被移植的或被强加的记忆和自己的记忆区分开来。如何在不背叛、不在失血过多的前提下，切断联结家族、联结过去与现在的记忆脐带。两位叙述者想要剪断这根终生携带的细绳：一笔勾销，重新来过。要送亡母归乡（*故去的人才会归乡，伊克拉在观察中做出了必要的区分，活着的人可以回返*）的帕洛玛从流亡（另一个由独裁引发的病痛）中归来。这时，机会出现了。然而，尸体被扣留了，被转移了，或者说，再次被送到边境之外流亡，这迫使年轻人们去营救逝者。在陈旧的灵车上（死亡的另一象征，也就是说，改变的另一象征），他们放下了过去，他们纵情释放自己的爱欲、死欲，当然还有计算欲。只有这样，他们才能做回自己。只有这样，在这场或许有去无回的启蒙之旅的最后一程或最后一减中，在这本精妙绝伦的小说的尾声中，他们才能彻底明白，死去的人们并不是未来的先兆，也并非过去的标记，他们不属于任何人：他们没有度量标准，他们不能被减去。

莉娜·梅鲁安

译后记

"1988 年 10 月 5 日，我的母亲——而不是我——决定，那个夜晚永远不该被我遗忘。"

根据 1980 年宪法，1988 年 10 月 5 日，智利举行全民公投，决定时任总统奥古斯托·皮诺切特（Augusto Pinochet，1914—2006）是否连任。超过 97% 的登记选民参与投票，其中，55.99% 的选民投下反对票，向皮诺切特说"不"。1990 年，独裁者卸任，笼罩智利十七年的军事独裁统治宣告结束。十七年前，1973 年 9 月 11 日，在时任智利陆军司令皮诺切特的带领下，智利军方发动军事政变，推翻民选总统萨尔瓦多·阿连德（Salvador Allende，1908—1973）领导的社会主义政府，军队接管政权。军政府上台后，对左翼人士和异见者进行严酷镇压，大量公民遭到逮捕、绑架、监禁、酷刑、谋杀或被迫失踪。在许多人被迫流亡海外的同时，部分反对者选择留在智利，投身抵抗运动，在国家恐怖主义的暴政下，他们往往难逃厄运。根据国家政治监禁和酷刑委员会（Comisión Nacional sobre Prisión Política y Tortura）的调查报告，1973年至1990年期间，有超过四万人受到迫害，三千余人死亡或失踪。官方统计之外，被抛入沙漠或大海、尸骨无存的遇难者数量难以统计。

进入民主过渡时期后，智利文学界和艺术界出现了许多批判独裁政府罪行、反思独裁／后独裁社会的作品。近年来，一批出生于独裁时期的智利青年作家大放异彩，部分评论家和媒体将其称之为"子辈一代"或"后独裁一代"。这批作家以孩童时期的私人记忆和作为"时代配角"的经验为资源而进行创作，以不同于其父辈（亲历者）的视角进行讲述，为重新审视和理解独裁／后独裁提供了新的可能性。本书作者阿莉雅·特拉武科·泽兰（Alia Trabucco Zerán）便是这批作家中的一员。

阿莉雅·特拉武科·泽兰 1983 年出生于智利首都圣地亚哥。她的父母均为文艺界左翼人士，曾在军事独裁期间流亡他乡。在她的成长过程中，系统性暴力时刻在场。她曾进入智利大学法律系学习，希望通过法律捍卫人权、打击不公。大学时期，特拉武科·泽兰开始参与文学工坊的活动。她逐渐发现，文学所用的语言才是最适合她的武器。于是，她开始以文学创作为方法，重返智利的伤痕。在《残迹》一书中，特拉武科·泽兰借助伊克拉的克制叙述和菲利佩的疯癫话语，将属于她这代人的伤痛与迷茫呈现在读者面前。

通过角色们的只言片语，我们不难判断，三位主人公的父母曾是反对皮诺切特政府的激进分子，他们曾亲密地团结在一起，他们的后代也因此而产生羁绊。作为直接经历者、受害者，也是书中唯一的幸存者，孔苏埃洛，伊克拉的母亲，对自己创造的历史叙事执念颇深：她的双眼中装满了故人旧事；她将过去带入现在，时刻营造出危机四伏的氛围；她确信自己的故事会被代代相传，她要求后代讲述自己的故事。

然而，这部作品并非子女对父母经历的见证与复述，而是三位年轻人对新的叙事的发现与创造。伊克拉和菲利佩的独白交替出现，读者得以借此探入他们的思维，窥见他们的记忆。他们是出生在独裁时期的孩子，看似得到庇护与赦免，远离大人们的斗争。实际上，无孔不入的暴力早已侵入他们的生命。童年时期，他们如孤儿般在街上游荡，以天真而血腥的游戏自娱。长大后，他们不可避免地继承父母的政治遗产，继承上一代塑造的历史。面对强加在自己身上的一切，年轻人们开始"抵抗"：他们要摆脱父母许下的承诺，要区分父母的语言和自己的语言，要寻找分割父母一辈的意志与行动和自己的意志与行动的方法。在这场被称为"逃离"的公路旅行中，小说里年轻的主人公们逐渐远离圣地亚哥，远离父母的叙事，拾回孩童时的游戏，释放自己的情感与欲望，找到自己的声音，采取自己的行动。

或许，这部小说并未向我们提供关于智利独裁／后独裁社会的某种定论。但是，透过三位年轻人的探索之旅，作为读者的我们能够隐约看到，在历史与记忆之间，现实与虚构之间，新的叙事正在诞生。

2025 年 5 月

（京权）图字：01-2024-4803

图书在版编目（CIP）数据

残迹／（智利）阿莉雅·特拉武科·泽兰著；张雅涵译 .
北京：作家出版社，2025.9. -- ISBN 978 - 7 - 5212 - 3629 - 3

Ⅰ. I784.45

中国国家版本馆 CIP 数据核字第 2025AL4168 号

LA RESTA by Alia Trabucco Zerán
Copyright © 2014 by Alia Trabucco Zerán
This edition arranged with Rogers, Coleridge and White Ltd.
Through BIG APPLE AGENCY , INC.,LABUAN,MALAYSIA.
Simplified Chinese Edition Copyright:
2025 THE WRITERS PUBLISHING HOUSE CO.,LTD.
All rights reserved.

中国外国文学学会
西班牙葡萄牙语
文学研究分会
HISPANIC & PORTUGUESE
LITERARY STUDIES ASSOCIATION

新拉丁美洲文学丛书·当代

残　迹

作　　者：（智利）阿莉雅·特拉武科·泽兰
译　　者：张雅涵
责任编辑：赵　超
封面设计：吴元瑛
出版发行：作家出版社有限公司
社　　址：北京农展馆南里 10 号　　邮　　编：100125
电话传真：86 - 10 - 65067186（发行中心）
　　　　　86 - 10 - 65004079（总编室）
E - mail: zuojia@zuojia. net. cn
http: // www. zuojiachubanshe. com
印　　刷：河北尚唐印刷包装有限公司
成品尺寸：130 × 185
字　　数：113 千
印　　张：7.125
版　　次：2025 年 9 月第 1 版
印　　次：2025 年 9 月第 1 次印刷
ISBN　978 - 7 - 5212 - 3629 - 3
定　　价：58.00 元

作家版图书，版权所有，侵权必究。
作家版图书，印装错误可随时退换。